꿈꾸는 순간만큼은
내 꿈에 날개를 달아줘

〈일러두기〉
이 책은 작가가 2021년 물류센터에서 일하며 그렸던 그림과 글에 2024년부터 글을 더하고 정리하여 2025년 출간하였습니다.

꿈꾸는 순간 만큼은

글·그림 여니(박지연)

내 꿈에 날개를 달아줘!

알비

어느 겨울, 앞길만 생각하던 내게 예상치 못한 일이 생겨버렸다. 왜 나에게만 이런 일이 일어났냐며, 아무것도 할 수 없는 나를 탓하며, 오로지 '원망'이라는 감정이 나를 가득 채웠다.

부정적인 마음과 온갖 자격지심으로 가득 찼던 나를 잠시 내버려두었다가, 다른 생각들을 받아들일 수 있는 마음이 되었을 때 조금씩 그림을 그리고 글을 쓰며 일어났다.
마음을 다잡고 물류센터에서 일을 시작한 후, 원래의 내가 원하던 모습을 잊지 않겠다며 꿈 친구 캐릭터 '블루베리씨'를 통해 매일 나에게 해주고픈 이야기를 그렸다.
그림 한 장으로 시작했던 일은 매일매일 반복되면서 꿈이란 하루아침에 일어나는 환상적인 일이 아니라는 걸 깨달았다.

삶에 변화를 만들고 싶어 내가 닮고 싶은 사람들의 말과 내가 원하는 삶을 살고 있는 사람들의 이야기를 들었다. 그들이 말해주는 방법에는 공통된 점이 몇 가지 있었다. 나는 빠른 성공을 원했고 그들이 말하는 걸 한꺼번에 실천해야 했다. 그렇게 '여니노트'를 만들어 명확한 비전을 정하고, 긍정적인 확신을 매일 갖고, 꾸준히 기록하면서 더 견고히 해나갔다.

SNS를 통해 이 과정을 그림으로 공유하면서 꿈에 관한 내 생각과 꿈을 놓지 않고 지어나가는 과정을 사람들과 나눴다. 그림을 통해 나의 이야기를 전하고 그들에게 또 다른 영감이 되어준다는 건 다른 무엇보다도 행복한 일이었다. 그렇게 나의 꿈과 가장 멀었던 그곳에서 더 간절히, 더 열심히 내 꿈을 지었다. 그때부터 더더욱 내가 행복한 삶을 구체적으로 지어가는 게 당연해졌고 훨씬 중요해졌으며 나의 전부가 되었다.

솔직히 이야기하자면 그림을 그리고 글을 쓰던 때의 마음을 잊는 순간도 많다. 어떠한 순간에도 잘 이겨내 보자던 마음 따위는 잊고 힘든 현실에 굴복해 버릴 때가 제법 많다. 그럼에도 부단히도 잘 살고 싶어 애썼던 당시의 이야기들이 내게 힘을 내 볼 기회를 줄 뿐만 아니라 누군가에게도 도움이 될 거라는 생각에 부끄러움을 무릅쓰고 투박한 글로 남기고 싶었다.
언제나 온전하고 그럴싸한 모습만을 보이길 바라는 사람이었는데, 그럴싸하지 않을 때조차 내 삶의 모습으로 받아들이는 과정이며, 삶을 살아가는 수많은 선택지 속 하나의 이야기로 들어주시면 좋겠다.

분명 잘 살고 있다고 생각했다가도 때때로 무너질 때 다시 한번 마음에 힘이 되기를 바라며.

여니(박지연)

contents

그럴수두 있지

-Yeoni

그럴 수도 있지

스스로에게도, 누군가에게도, '그럴 수도 있지'

이러면 안 돼, 저러면 안 돼, 온갖 안될 것들만 생각하고 나만의 기준과 한계가 너무 명확했던 때에 스스로에게도 타인에게도 좀 더 너그러워지기를 결심했던 날. 이날의 결정 덕분에, 지금까지도 꽤 많은 것에 너그러워졌다.

나의 한계, 행복의 기준, 내가 처한 환경, 실수와 무지. 물론 그렇게 결심한다고 해서 한 번에 모든 걸 이해하게 되는 그런 넓은 마음을 갖지는 못했지만, 시간이 가면 갈수록 다시 깨닫는다. 절대 변할 것 같지 않았던 가치관과 취향도 변하고, 이전에는 전혀 상상할 수 없는 변화를 보면서 모든 건 계속해서 변하는데, '그럴 수도 있지' 한 마디면 조금 더 여유롭고 편한 마음으로 대할 수 있으니 좋다.

작은 실수에도 나 자체를 비난하기 일쑤였는데 스스로에게 '그럴 수도 있지'를 더 자주 해주면서 스스로에게 들이대던 수많은 잣대도 희미해졌다. 불안한 상황 속에서도 무모하다고 여기는 도전을 계속할 수 있는 것도 실패한다 해도 그 모습이 그냥 덤덤하게 다가오기 때문.

뭐, '그럴 수도 있지?' 다음엔 또 잘될 거야.

나를 돌보기

'나를 돌보는 일', 어쩌면 매 순간 다양한 모습으로 해야 하겠지.

물류센터 일을 시작하기 전엔 내가 처한 환경에서 나를 들어 올리는 일이 나를 돌보는 일이라 여겼다. 긍정적인 거라곤 아무것도 없던 때이지만, 내 존재만으로도 잘하고 있는 거라며 바깥과 나를 분리하며 나를 돌봤다. '내'가 살아가는 세상인데, 내가 없으면 그 무슨 소용이겠나.

타인과의 관계에서도 나를 잘 돌보아야 했다. 꽤 이기적이면서도, 다른 사람들을 또 엄청나게 신경 쓰는 조금은 피곤한 성격인데, 다양한 변화를 겪으며 관계에서도 많은 변화가 있었다. 정신없이 타인에게 맞추다 보면 가끔 스스로를 깜빡하는데, '나'를 우선으로 돌려놓다 보면 그 관계가 잘 보이곤 했다.

그래도 끊임없이 '나를 잘 돌보자' 하고 다짐하다 보면 어디 조금 깨지고 다치는 경험은 할 수 있어도 '나'를 잃어버리는 결정들은 하지 않을 수 있었다.

평생 나랑 살아가야 하니까, 평생 하는 일이겠지.
'나를 돌보기'

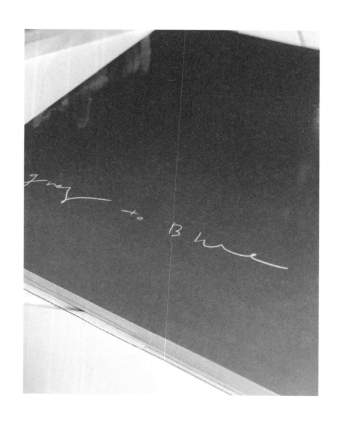

2021년 1월의 여니노트 Grey to Blue
무채색의 여니가 점점 더 자신만의 색깔을 가지게 되었다는 이야기.
누구나 그럴 수 있다는 이야기를 담은 여니노트.

Grey to Blue

무채색의 회색빛이었던 여니는 아주 희미한 파란색이
되었다가 이젠 제법 진한 블루가 되어가고 있는 중이다.
지금의 진한 파란색을 가질 수 있었던 건, 무채색에서
색을 갖고자 마음을 먹고 부단히도 노력했던 시작이 있
었음에 가능한 일이었다.
시간이 얼마나 걸릴지, 과연 가능은 할지 의심 속에서
도 일단은 시작해 준 과거의 나에게 정말 정말 고마운
지금이다.
변화의 시작은 작은 노트에 있었다. 거창한 기회가 있었
던 것도 아니고, 대단한 용기로 무슨 도전을 했던 것도
아니고, 그저 내가 만든 일명 '여니노트(grey to blue
노트에서 여니노트가 되었다)'에 꿈과 생각을 적고, 몸
을 움직이고, 다시 적은 게 전부였다. 그리고 계속해온
것. 성공한 사람이 되고 싶어서 성공한 사람들이 말하는
공통적인 방법들을 모조리 모아 만든 노트다.

간절한 마음으로 밀져야 본전이란 생각에 시작했던 방
법들이지만, 이제는 나의 꿈을 짓는 내 필살 방법들. 드
림보드 집착러가 되고, 나만의 원더랜드를 그리고 짓
는 일. 현재도 진행 중인 나름 긴 역사를 자랑하는 '여
니노트'다.

불면증

다음날 일어날 일이 너무 두려워, 밤새 잠 못 이루는 날들을 겪었던 불면증에서 두려운 일을 피해 잠만 청하는 회피형 잠을 겪는다.

잠이 원래 많은 편이라 잠을 많이 자는 것이 그저 체질과 체력 저하의 영향이라고만 생각했었는데, 인제 와 보니 회피형 잠의 영역이 꽤 크다는 걸 알게 되었다. 현실에서 마주하고 싶지 않은 것들이 있을수록 잠으로 도망가는 버릇. 열정 넘치고 행복한 일을 할 때는 원래 잠이 없는 사람처럼 며칠을 보내도 에너지 있게 보낼 수 있지만, 회피형 잠이 도져 버리면 도저히 잠에서 깨어날 수가 없다.

현실을 직시하고 최대한 스스로를 마주하려고 노력하면서도 나도 모르게 여전히 존재하는 회피형 성향인 듯하다. 스트레스 해소 방법도 잠을 자는 것이라 내가 지금 잠을 자는 것이 회피하는 중인지 잘 살펴봐야 할 부분! 회피하지 않아도 될 멋진 스스로가 되어보자.

건강한 잠을 자야지.

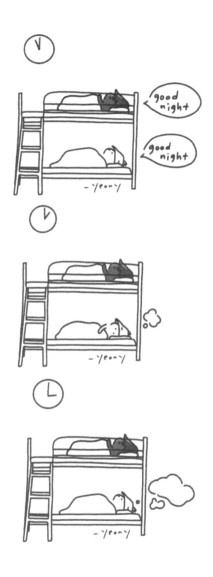

17

나만의 삶

타인의 기준에 맞춰져 있던 삶에서 조금씩 나만의 삶으로 시선을 옮기던 때, 다른 이들이 맞추어놓은 세상에 나를 맞추려 괜한 힘들이지 말고, 나에게 맞는 나만의 삶을 생각해 본다.

처음에는 다른 삶이라는 것의 존재를 몰랐다. 내가 살아 온 환경에서 보게 되는 삶이 전부인 줄 알았다. 세상에 다른 삶들이 많다는 걸 알게 된 다음에는 용기와 확신이 없었다. 행여나 내가 잘못된 삶을 살게 되진 않을까. 틀린 삶을 사는 건 아닐까.

내 삶에 확신을 갖게 되면 될수록 조금씩 용기도 커졌고, 나만의 삶을 생각해내고 실현시키면서 실체가 생겼다. 내가 알지 못했던 삶의 방식이더라도 내가 원하면 그렇게 살아갈 일이고, 그게 곧 나만의 삶이 되는 것이니까. 이제는 특별히 누군가의 삶과 비교할 일도 없어졌다. 너무 다른 모양을 가진 것을 비교하는 것 자체가 불가능하니 말이다. 나만의 삶을 살겠다고 결심을 한다고 해도 한번에 뿅하고 나타나서 살 수 있는 것은 아니라서 아주 오랜시간 차츰 차츰 계속해서 노력해야 하지만 멋드러지게 지어지는 모습을 보면 그게 또 행복이고 즐거움이다. 내 삶은 신나는 비트와 리듬을 가졌어요. 와서 함께 춤추실 분?

"북 치고 장구 치고 내 하고 싶은 대로 치다 보면 그 장단에 맞추고 싶은 사람들이 와서 춤춘다"는 '박막례 할머니' 말처럼 나만의 리듬을 뚱땅거려봅니다.

중요한 시간

'충분히 나를 돌볼 시간, 충분히 내 일에 몰입할 시간, 충분히 내 사람들을 위해 쓸 시간, 아무것도 안 할 시간, 모두 중요한 시간!'

무언가를 계속해야만 한다는 죄책감에 아무것도 안 하고 있거나, 놀고 있다는 생각이 들면 괴로웠다. 당장의 결과물이 있는 무언가를 하지 않고 있으면 스스로가 쓸모없는 존재라는 생각이 들어, 스스로에게 계속해서 해주어야 했던 말이다.

'그 상황에 웃음이 나와? 그렇고말고!'

아무리 상황이 어떤들 웃을 일을 만들고 웃고 즐겁게 지낼 거다. 우연히 본 유튜브 영상 덕분에 깔깔거리며 웃기도 하고, 베리의 귀여움에 웃음이 났다가 엄마랑 별 얘기에 별안간 끅끅거리며 웃기도 한다. 내가 바라는 만큼 웃을 일은 만들 수 있고 더 열심히 웃으며 산다. 아무것도 안 하고 누워있을 때도 더 열심히 오래 하기 위해 충분히 쉬고 있음을 안다. 무언가가 되고 있음을 보이는 시간뿐만 아니라 아무것도 보이지 않는 대부분의 시간 또한 중요하니까. 이제는 내가 보내는 시간에 가

매 순간을, 하루를, 바쁘게 쪼개고
무언가를 하며 사는 것만이 열심히 사는 게 아니니까.

치 있는 시간, 가치 없는 시간이라며 라벨을 붙이지 않고 충분히 즐겁게 만든다.

스스로를 잘 돌보고, 스스로를 귀하게 대해주는 일들이 얼마나 어렵고, 성실해야 하며, 대단한 일인지를 이제는 아니까, 이 또한 엄청난 노력이 필요한 일임을 아니까, 마치 신체 운동을 노력해서 하듯 끊임없이 의식해서 스스로를 돌보는 일에 관심을 둔다.

뭐가 그리 심각해! 그냥 즐겁게 잘해보면 돼.

나의 또 다른 캐릭터 펭구. 자신감은 부족하고 자격지심으로 가득 찬 나의 단점을 가득 모아놓은 캐릭터다. 아무리 떼어도 사라지지 않는, 어느 날 생겨버린 머리의 구름. 자기 모습을 받아들이지 못하고 부정적으로만 생각하는 펭구의 여행 중 만난 토끼. 많은 분이 이 그림을 좋아해 주었고, 이 그림을 통해 어쩌면 '나와 같은 어려움을 겪는 사람이 더 있겠구나!' 하는 생각을 했다.

누워있을 때 생각이 잘 나긴 해

생각이 안 나면 누워있고, 생각이 날 때 일어나면 된다는 간단한 사실을 그 때는 알지 못했다. 생각을 하는 방법의 하나로 나는 누워있는 것을 선택했을 뿐인데 아무것도 안 하고 누워있다고 생각하는 스스로를 심지어 한심하게 여겼다.

아무도 이야기하지 않았음에도 마음속 내가 스스로를 계속 한심하다 이야기하고 있는 것이다. 무엇이 그렇게도 한심했을까? 해결해야 할 문제가 있고 아직 그 해결 방법이 생각나지 않았다면 얼마든 다양한 모습으로 고민할 수 있는 법인데 말이지. 내 편견 속 올바른 모습이란 적극적으로 계속 움직여야 하는데 그렇지 않은 자기 모습을 소극적이고 무능하다고 또 혼자 판단했기 때문이다. 스스로를 못나게 생각하고 싶어 안달 난 사람처럼. 무엇을 해야 할지 몰라 움직일 수 없을 땐 움직이지 않는 게 당연하다. 이 당연하고도 단순한 사실을 토끼가 알려준 날 그제야 내가 옭아매 놓은 한심함에서 벗어났다.

여전히 난 누워서 생각한다. 난 그저 누워있을 때 생각

이 잘 나는 것뿐. 아이디어를 구상할 때면 늘 바닥에 누워 체력도 보충하면서 *끄적끄적* 스케치하다 보면 좋은 생각들이 많이 떠오른다. 그러다 잠들기도 하고.

그리고 사실 난 누워있는 것 자체를 좋아한다. :)
누워있는 거 최고!

@ yeony.world

@ yeony.world

@ yeony.world

마음의 공간

다른 이의 어려움을 보고도 돕지 않는 나를 못났다고 생각했다. 나는 부족하고 못난 사람이라 이기적으로 구는 거라고. 특히 가까운 사람들의 요청을 모른척하려 할수록 더 크게 죄책감이 느껴졌다. 정작 돕는다고 해도 내 마음 여유 없어 서로에게 상처가 되기 일쑤임에도 말이다.

마음에는 여유 공간이 정해져 있어서 무한정 담을 수 없기 때문에 내 마음속 공간을 잘 알아야 한다. 지금 내 것만으로도 꽉 차 있다면, 잠시 흘려보낼 시간을 가져야 한다. 내 앞도 보지 못하는 상황에서 무리하게 담다간 다 넘쳐버리고 만다.
비상 상황에서도 나부터 산소 호흡기를 착용하고 옆을 도우라고 하지 않나.
누군가를 위한 마음에도 내 마음이 먼저가 되어야 한다는 사실을 깨달은 날. 내 마음의 크기가 더 커질 수도 있고, 누군가의 도움으로 혹은 스스로 노력해서 여유의 공간이 생길 수도.

지금 내 마음의 공간은 얼마쯤 되었을까.

내 것이 너무 가득 차버리면
미처 다른 이의 것을 보기가
어려운 것 같애.

— yeony

내 것에 여유가 생기고
공간이 생겼을 때
다른 이의 것도 같이 덜어줄 수 있는
멋진 다람쥐가 되어야지
(P.S. 고마워 블루베리씨)

첫 출근날

물류센터로 첫 출근을 하는 날이었다. 이때는 몰랐다. 나의 일 년이 어떻게 흘러갈지. 그저 고정 수입을 만들었다는 사실에 안도했을 뿐. 물류센터를 선택했던 이유, 월급이 가장 셌고, 음식을 제공했으며, 출근 거리가 15분 내외였다. 그리고 근무 시간이 오후 12시 30분부터 밤 10시까지라 아침에 일어나는 게 힘들고, 새벽에 그림을 그리던 나에게 딱 맞다 생각했다. 무엇보다 지원한 곳 중 가장 먼저 연락이 왔다.

여러 번의 첫 출근들. 물류센터 이후로는 단기 아르바이트로의 첫 출근, 홍대입구 공용 작업실로 첫 출근, 그리고 연남동 작업실로의 첫 출근까지.
늘 새로운 삶으로 이끌었던 첫 출근들이 있다. 출근하기로 하는 이유는 늘 명확했다. 내가 가고자 하는 방향에 있는 일인가?

처음이 있었으니 끝이 있고 그 끝이 있었으니, 그다음이 있었다. 처음의 설렘과 걱정의 시간을 지나서 익숙해지고 당연해지는 시기를 지나 아쉬움 혹은 후련함으로 마무리하는 끝! 끝이 또 어떤 시작을 만들어낼지 그 끝이 아쉬움일지 또 다른 감정일지 지금은 알 수 없다. 미래 일하러 갑니다!
내일부터 또 새로운 첫 출근.
프로 투잡러는 또 투잡시작.

-yeony

의 비전을 누구보다 생생하게 그리지만, 어떻게 일어날지 한 치 앞을 모르는 삶을 살기 때문에 앞으로 일어날 일들이 아주 기대된다.

앞으로는 또 어떤 첫 출근들이 기다리고 있을지!

나에겐 사람이 참 중요하다.

-yeony

내 생에 첫 유럽 여행인 스페인 여행 때도 친구들이 도착하기 전가진 혼자
선 아무 감흥도 없다가 친구들 도착하니 최고의 여행지가 되었고, 일을 할
때도 사람이 힘들면 지옥이 따로 없고, 일이 아무리 힘들어도 사람이 좋으
면 일하는 게 즐거웠다. 사람 엄청 가리면서 사람 엄청 좋아함…. 눈만 마주
치면 자연스럽게 이야기하던 미국 생활이 나를 이렇게 바꾼 것 같은데, 나
름 미국에서 살았던 경험이 이런 데서 빛을 발할 줄이야.

사람이 중요하다

부모님은 사람으로 인해서 망했지만, 나는 사람 덕분에 살아나고 있다. 내가 바닥으로 곤두박질친 순간에도 든든하게 곁을 지켜준 사람들 덕에 지금까지도 살아남았고 지금도 살아가고 있으니까. 행복하고 즐거운 순간들도 늘 사람들과 함께여서 행복하고, 마음 아프고 힘든 순간들도 사람들과 함께라 버틸 수 있었다. 오랜 시간 동안 사람으로 인한 분노에 힘들어했지만, 이제는 사람들 덕분에 내 행복도 만들고, 다른 사람들의 행복까지 바랄 수 있게 되었다. 나에게 끊임없이 좋은 경험을 쌓아주는 사람들 덕분에 특정한 것들에 대한 분노도 많은 부분 치유되었고, 경험에 의한 트라우마로 하는 섣부른 판단 없이 사람들을 대할 수 있게 되었다.

사람이 점점 더 중요해질수록 오히려 인연에 대한 집착은 느슨해졌다. 삶의 시기마다 사람들은 오가며 서로의 때에 따라 가까이도 멀리도 있는 거니까.

누군가의 행복해진 모습을 볼수록 더 행복해지는 사람으로서 이제는 다른 사람들의 행복에 조금이나마 기여할 수 있는 삶이 되기를. 진짜를 주고받을 수 있는 믿을 수 있는 사람이 되어주는 것. 사람들을 통해 내가 행복한 만큼 나를 통해 행복해지는 사람들이 있기를 늘 바란다.

소원이 이루어졌습니다

21년에 적어둔 소원이, 22년 9월 이루어졌다.

그저 상상만 하면 알아서 이루어질 거라는 한심한 생각에서 행동을 통해 이룰 수 있다는 걸 깨달은 후라, 최선을 다했다.

운명처럼 베리를 만난 후부터는 첫눈에 데려와야겠다는 생각을 했다. 처한 상황을 다 떠나 모든 방법을 다 쓰기로 결심했다. 참 이상하게도 분명 난 아직 강아지를 데려오기 어려운 상황이었는데도 무조건 데려와야 한다는 확신이 있었다.

너무도 생생하게 베리와 함께하는 행복한 순간을 상상하기 시작했고, 의심하지 않았다. 데려올 수 있는 모든 방법을 생각하고 온 정신을 쏟았다. 평범하지도 않았던, 밖에서 무려 6년 이상을 생활해 온 강아지를 데려오다니….

베리와 함께한 지도 2년이 지난 지금, 문득문득 생각해 보면 어떻게 그런 결정을 할 수 있었을까 싶지만, 다시 돌아가도 똑같이 그랬을 것이다. 눈앞에 그토록 바라던 존재가 있는데, 어떻게 그걸 모른 척해. 어떻게 그걸 미뤄.

그 이후에도 눈앞에 내 소망이 나타나면 난 무슨 수를 써서라도 잡았다. 그게 맞다는 확신이 있으니까.

경제적, 시간적 여유를 가진 사람이 되어서
꼭 입양해야지!
강아지 고양이 둘 다 좋은데···
하··· 어떡하지?

- Jeony

우비 가게

27살에 미국의 미술대학으로 편입을 했고, 집이 망해서 졸업을 못하고 28살에 한국으로 왔다. 한국에 온 지 한 달 만에 29살이 되었고, 가족들의 회복을 도우며 일하다 보니 31살이 되었다.

여전히 나는 하고 싶은 일이 있었지만, 그 일을 할 수 있을 때만을 기다리며 물류센터에서 근무를 선택했다. 한국에서 31살의 친구들은 어엿한 직장인의 모습으로 자리를 잡고, 하나둘 결혼을 하고, 자기만의 삶을 완성해가는 듯한 모습이었는데, 나는 아직 출발선에도 채 못선 마이너스의 삶인 것 같을 때 스스로를 위로하는 우비 가게 곰 이야기를 그렸다.

내가 한 선택에 후회하지 않기 위해서, 용기가 있는 거라고 스스로 응원하면서 지나온 시간. 시간이 지나 돌아보니 우비 가게 곰 아저씨의 말처럼 지난 시간은 정말로 나에게 가치 있는 시간이 되어서 지금의 내가 되는 데 도움이 되어주었다.

누군가가 스스로 선택한 용기 있는 여행을 떠난다면 꼭 전해주고 싶은 이야기.

@ yeony.world

@ yeony.world

@ yeony.world

41

나는 운이 좋은 사람이다

문득 그런 생각이 들었다. 하루의 아주 소소한 일부터 인생의 중요한 순간까지 매 순간 운이 아주 큰 영향을 미치고 있구나 하고. 하루 중 누군가를 만나게 되는지, 무슨 일을 하게 되는지, 어떤 일을 겪게 되는지, 오늘 하루를 큰 탈 없이 보내게 된 것도 오늘 수많은 운이 있었기 때문인 것 같다. 말의 힘은 엄청 크니까 '나는 운이 좋은 사람이다'라고 하며 일하고 하루를 보내니 왠지 운이 더 좋았던 느낌이다.

난 정말로 운이 좋다. 그 많은 고비들을 겪으면서도 이렇게 오늘도 무사히 살아남아 있는 걸 보니 말이다. 아침에 무사히 안전한 집에서 일어나 하루를 건강하게 마치고 다시 집에 돌아오고 또 다음날을 살아낼 수 있는 모든 순간에도 좋은 운이 함께 한다는 사실을 잊지 않을 것이다.
순간순간 힘든 일이 닥칠 때마다 삶을 비관하고 부정적 감정에 휩싸일 때면 차분히 다시 주변을 둘러보는 연습을 한다. 내가 얼마나 운이 좋은 사람인지. 얼마나 감사한 하루인지.
'나는 오늘도 운이 좋은 사람이다.'

운에 대한 생각이 문득 들었던 그런 하루.
출근을 하기 위해 타는 버스부터,
일을 하는 모든 순간이 찰나의 운으로
이어져 있다는 생각이 들었다.
'나는 운이 좋은 사람이다!'

나의 직업 이야기

지금 와서 곰곰이 생각해 보니 나름 다양한 직종을 경험해 봤다. 일러스트 작업을 제외한 그 외의 일들로 이십 대 초반의 미국 LA에서 시작된 레스토랑, 야식집 아르바이트를 시작으로 패션 회사의 그래픽 디자이너, 한국으로 돌아와서는 지게차 회사의 사무보조, 스타벅스 바리스타, 다양한 행사 스텝, 온라인 아동복 쇼핑몰 포장 업무에서 보정 업무, 식품 물류 포장팀까지 있었다. 사람 때문에 힘들었던 일을 제외하고는 개인적으로 업무 자체로 힘들어 하지는 않는다. 새로운 환경에서 새로운 사람들과 새로운 일을 하는 건 재밌으니까. 물론, 힘과 체력은 좀만 더 있었으면 하는 생각. 힘만 조금 더 셌으면 훨씬 편할 텐데….

매번 새로운 분야의 일을 할 때마다 느끼는 건 직접 해보기 전에는 참 많은 것을 모른다는 것. 어딜 가나 참 고생들이 많다. 세상 곳곳에 자기 자리에서 다들 얼마나 애를 쓰는지. 내가 마시는 커피 한 잔, 내가 받은 이 택배에는 얼마나 많은 사람들의 수고가 들어있는지. 경험하는 일이 많아질수록 또 많이 배운다. 계속해서 다른 일을 같이하는 이유는 그림 그리는 일을 조금 더 든든하게 받쳐주고 조급해지지 않기 위해서다. 지금처럼 편안하게 마음껏 그리고 싶으니까. 일을 하면서도 계속 잊지 말아야 할 이유다!

아무런 돈도 나에게 벌어주지 못할 때도 나는 이 일이 정말 좋았다. 나만의 그림을 통해 내가 하고 싶은 이야기를 하고 그 이야기들을 통해 누군가에게 좋은 영향을 주는 일. 내게 당장의 경제적 도움이 되어주지 않는다 해도 계속해서 하고 싶었다. 왜 내게 돈을 못 벌어다 주냐며 몰아세우는 대신 다른 일을 통해 부족함을 채울 만큼 아끼는 일이다. 다른 무슨 일을 해도 결국엔 돌아오고 마는 일. 어느 순간에도 소중히 지켜온 덕분에 이제는 제법 나의 유일한 일이 되어줄 만큼 자라났다. 내가 더 잘해서 할머니가 될 때까지 계속할 수 있게 해야지. 최선을 다해야지.

내가 가장 사랑하는 나의 일. 놓치고 싶지 않고 도망가고 싶지 않다.

너만 힘든 거 아냐

힘들었던 순간마다 가장 위로가 안 되었던 말을 꼽으라면, '너만 힘든 거 아냐'라는 말이다. 늘 '그래서 뭐, 남이 얼마나 힘들건 말건, 내가 지금 힘들다고. 내가 지금 죽겠다고'라는 말로 거센 반발을 하곤 했는데….

아이러니하게도 '나만 이렇게 힘든 게 아니다'라는 말만큼 위로가 되고 하루를 버틸 힘을 주는 말도 없다. 그래, 나만 이렇게 힘든 게 아냐, 모두가 다 이렇게 버티고 있어. 조금만 더 힘내 보자.
인생은 행복한 것이 기본값이라는 생각에서, 인간의 삶이란 원래 힘들고 어려운 것이라는 걸 인정하기로 했다. 내가 힘든 상황에 부닥쳐있는 만큼 내 삶만 왜 이리 고단한 것인가 싶지만, 다들 각자의 어려움을 감내해 가면서 살아가고 있다.
누군가는 나를 보며 어려움이 없어 보인다고 생각하듯이, 내가 보는 사람들도 보이지 않는 곳에서 각자의 몫을 감내해 가며 살아가는 중이겠지. 다 각자의 자리에서 나처럼 고군분투하고 있다고 생각하면 꽤 짠하다. 함께 으쌰으쌰! 해보자 하는 내적 응원도 하게 되고…. 어차피 우리에게 주어진 삶이 그런 거라면, 이왕 사는 거 그 속에서도 최선을 다해서 즐거운 걸 찾아보는 게 그

'너만 힘든 거 아냐'라는 말만큼
위로가 안 되는 말도,
'나만 힘든 게 아냐'는 사실만큼
위로가 되는 말도 없는 것 같다.

나마 나은 삶을 살 수 있지 않겠나. 시간은 또 그리 길지 않으니까 말이다.

힘들고 고통스러워하기만 하기에는 내 짧은 삶이 아깝다는 생각이 들어 나한테도, 힘들어하고 있는 그 누군가에게도 계속해서 얘기해주고 싶다.

이럴 때가 아니다.

유일한 비교 대상은
'어제의 나'

- yeony

유일한 비교 대상

취미이자 특기인 비교. 늘 남들과의 비교로 스스로를 괴롭히는 일에 달인이다. 예상과 너무 다른 현실에 놓인 지금의 상황에서 다른 이와의 비교는 끝이라는 생각이 들었다.

함께 미국에서 학교 다녔던 친구들의 SNS라든지, 내가 원했던 것들을 하는 이들의 삶을 보면 더 필사적으로, 비교 대상을 '나'로 잡으려 노력했다.

그래, 어제의 나만이 유일한 나의 비교 대상이다. 어제보다 한 장의 그림을 더 그리고, 어제보다 조금 더 성숙한 생각, 어제 보다 내가 원하는 목표에 조금 더 나아갈 수 있는 오늘의 나면. 그걸로 되었다.

어제보다는 성장해 있기를 바라는 매일. 여전히 자신의 부족한 역량에 괴롭고 답답하고 무기력한 날들이지만 그래도 지나온 시간을 돌아보면 그래도 조금은 자랐구나! 위안하면서 오늘도 움직여본다. 오늘 내가 행동하고 실천해야 자랄 수 있다는 사실은 아니까. 가진 재능에 비해 극복해야 하는 현실은 훨씬 깊고, 이루고자 하는 꿈은 아주 크니까 그것에 맞게 내가 자라나면 될 일이다. 오늘도 한 뼘 크게 더 쑥 자라나기를….

해봐야 안다

힘이 없고 체력이 약한 나는, 물류센터에서 일할 때 꽤 단점이 도드라졌다. 겉으로는 티 안 나게 하려고 엄청나게 노력했지만, 느껴지는 차이는 어쩔 수 없었다. 내가 세상 힘들게 들고 온 박스들을 헉헉거리며 내려놓고 숨을 고르고 있는 와중, 아무렇지 않게 세 개를 들고 가는 사람도 있다. 또 누군가는 끙끙거리며 풀지 못한 것들을 나는 또 아무렇지 않게 풀기도 하고.
뭐든 보기와는 다르다, 내가 직접 해봐야 깨달을 수 있다는 점, 각자 잘하는 게 있다는 걸 스멀스멀 깨닫게 되는 요즘이다.

내 몸을 사용해 조금이라도 직접 해본다면 알게 되는 많은 것들이 있다. 나는 춤을 좋아하기 때문에 보는 것도 좋아하고 추는 것도 좋아하는데, 언젠가 힐을 신고 춤을 출 기회가 있어서 추기 시작하자마자 알았다. '아, 다들 정말 대단한 거였구나!'
비단 춤뿐만 아니라 다른 사람의 일을 직접 조금만 겪어보면 눈으로 보던 것과는 많이 다르다는 걸 알게 된다. 반 발짝만 들어가 봐도 알게 되는 무수한 것들….

처음 연남동 작업실을 함께 구하고 공사를 하던 때가 생보기와는 다르다. 해봐야 안다.
나한테 맞는지는 내가 해봐야 아는 것 같아요.
너는 너 나는 나 예이-

각난다. 기존의 카페를 운영했던 공간이라 많은 것들이 갖춰져 있었고 우리의 계약기간 만료 후 부숴질 건물이라 더 이상의 공사는 필요하지 않았다.

아주 수월하게 시작할 수 있겠다며 기뻐했던 것도 잠시 전기 승압비만 400만 원이 들 줄 누가 알았을까? 한겨울에 튼 보일러로 한달 도시가스 비용이 60만 원이 나올 줄 누가 알았을까? 해봐야 알지, 겪어봐야 알지. 그렇지만 이 기간이 그렇게 좋을 줄 누가 알았을까?

그래, 뭐든 해봐야 알지!

물류센터에서 일을 하다 보면 누군가 굉장히 무거운 물건을 아무렇지 않게 들고 있는 걸 볼 수 있다. 내가 그걸 막상 들어보면 굉장히 무겁고 힘든 경우가 많다. 또 누군가는 굉장히 어렵고 힘들어하는 일이 나에게는 생각보다 그리 어렵지 않고 잘 할 수 있는 일이기도 하다.

나만의 꿈

매일 밤 물류센터를 퇴근한 후 집에서 그림을 그리고 글을 쓰며 나의 꿈을 그렸다. 하루아침에 완벽한 하나의 꿈을 완성하려고 하기보단, 매일매일 꾸준히 조금씩 할 수 있는 만큼 노력을 다했다. 2019년에 적은 꿈에 대한 내 생각처럼, '나만의 꿈'이라는 주제로 계속해서 꿈을 그려나갔다. 그리고 그 꿈을 그리는 동안은 완전히 나의 현실은 잊은 채로 마음껏 그려보았다. 내가 온전히 바라는 내 삶의 모습을….

아무것도 없던 백지에 그리기 시작한 스케치에서 이제는 제법 선도 뚜렷해지고 색도 뚜렷한 그림이 되어가는 중이다. 다른 사람들이 어떤 그림 그리고 있는지, 무슨 그림이 잘 그린 그림이고 인기 있는 그림인지 전혀 신경 쓰지 않은 채로, 온전히 내가 좋아하는 나만의 꿈에 집중했다.
꿈은 지금의 나와 어울리지 않는다며 한탄하고 비관하는 대신, 그날 내가 가진 능력의 최대로 꿈을 그렸다. 아주 어렵다. 아무것도 보이지 않고, 아무것도 그려지지 않았을 때. 무한한 가능성이 있지만 무한의 두려움과 무력감이 공존하는 때. 그때 움직여서 내디딘 한발 한발들이 얼마나 큰 걸음이었는지 그땐 몰랐지만, 모르면서도

오늘도 계속해서 나만의 꿈을 그리는 중

내디뎌서 더 가치 있었던 실천이었다.
벅벅 지운 지우개 자국도 있고 아예 덮어버린 스케치도 있지만 일단 시작했던 나의 꿈 스케치 덕분에 이렇게나 제법 보기 좋은 나만의 꿈이 그려지고 있다.

앞으로 또 얼마나 멋지게 나만의 꿈을 그려갈지 설레고 기대된다.

목표에 집중하고 열심히 추구할수록 필요한 틈,
목표에만 매몰되지 않도록 조급함을 조금 누르고
마음의 평온함을 찾는 일,
주변을 둘러보고 지금을 사는 일.

지금을 사는 일

큰 꿈을 그리고, 그에 맞는 목표를 세우고, 열심히 추구하다 보면 나도 모르게 목표에만 집중하게 된다. 집중하다 못해 목표에 압도되다 보면, 마음속 조급함이 피어나 목표에 매몰되어 버리는 스스로를 발견하게 된다. 조급해지는 마음을 완전히 없앨 수는 없겠지만, 지금을 더 잘 살아야 이룰 수 있는 목표와 꿈이기에, 끊임없이 의식적으로 목표 사이에 넉넉한 틈을 두고 나 자신과, 내 주변, 내가 지금 살고 있는 이 순간을 바라보고 느끼는 일이 필요하다.

노력해 온 시간이 길어질수록 조급함이 더해질 때, 무엇을 위한 목표인지 본질은 잊은 채로 목표에 압도되어서 정신없이 살아갈 때 가장 중요한 것이 틈이다.

시간이 길어진다는 건 더 많은 인내가 필요하다는 뜻이다. 길어진 시간만큼 단단해지고 능숙해진 부분도 있겠지만 오히려 더 두려움이 쌓이고 지레 겁을 먹게 되는 부분도 많아진다. 이것들이 한데 뒤엉켜 내가 잘해 나가는 데 걸림돌이 되지 않도록, 일상 속 적당한 틈을 두어 잘 구별하는 시간을 갖는다.

내가 목표를 갖고 열심히 노력하는 이유는 결국은 내 삶을 잘 살기 위한 것인데, 내 삶의 본질인 지금, 내 사람, 이 순간을 잃지 않기 위해 다시 한번 숨을 잘 고른다. 작은 틈에서 나를 돌봐주는 자세.

된다 된다 다 된다

간절하게 원하고 되뇌었던 문장으로 2021년의 '된다 된다 다된다'는 정말로 다 되었고, 2022년엔 '되게 한다. 그래서 된다'로 진화했다. 늘 어떤 힘든 일이 닥칠 때마다 나는 더 강하게 긍정어로 스스로를 뒤덮었다. 그렇게 하지 않으면 살 수 없었던 과거를 지나 이제는 그렇게 하는 것이 가장 좋은 방법이라는 사실을 알아서, 전보다는 더 수월하고 더 확신 있게 할 수 있는 스스로가 뿌듯했다. 일일이 다 열거할 수조차 없는 힘든 일들이 왜 나에게 이렇게 많이 일어났을까?

신이 버틸 수 있는 시련만 준다던데, 내가 이렇게나 쓸데없이 강한 것인가? 어린 시절 20대 때 겪어볼 수 있는 건 다 겪어보는 경험의 시기를 보낼 거라며 입버릇처럼 말했던 것들이 정말로 이렇게나 다양한 경험을 나에게 돌려줄 줄은 꿈에도 몰랐다.

'말의 힘'이라는 건 정말 대단한 거다. 그래서 또 오늘도 '된다 된다 다 된다. 원하는 것보다 훨씬 더 좋게' 마법의 주문과도 같았던 '된다 된다 다 된다' 아무것도 되는 게 없었을 때 수없이 되뇌었던 문장이다. 당시 문장을 내 삶에 주입하면서도 마음 한켠 계속해서 남아있던 의심은 얼마 지나지 않아 사라지게 되었다.

'꿈을 짓는 중입니다'가 독립출판으로 출간되면서 정말

신기한 일이 일어났다. '꿈을 짓는 중입니다'가 형체를
갖춰 완성된 순간 그 덕분에 작업공간 지원사업의 기회
가 나타났고, 놓치지 않고 잡은 덕에 지금의 동료들을
만나 연남동 작업실까지 이어졌다. 매 순간 내 능력보다
는 더 큰 기회에 바들바들 떨릴 정도로 겁은 났지만, 내
드림보드 속 장면이 눈앞에 나타났으니 그 기회를 잡지
않고는 배길 수가 없었다.

어떻게 다가오는지 체감하지도 못한 채 계속해서 일어
난 일들이라, 또 그 꿈들이 이루어진 순간들에도 여전히
헤쳐나가야 하는 어려움들이 함께였던 터라 온전히 돌
아볼 시간이 없었는데 그렇게 다 '되고 있었다.
원하던 것보다 훨씬 더 좋게' 지금도 홍대 입구 작업실
에서 만난 동료들과 지금의 연남동까지 오게 된 이야기
를 서로 나누면서도 여전히 신기하고, 여전히 의아하고,
여전히 감사함을 이야기한다. 왜 그 타이밍에 서로를 만
났고, 왜 그 때에 그런 생각이 들었으며 왜 그런 기회가
우리에게 오게 되었는지 명확히 설명할 수는 없으니까.
그냥 원하는 걸 바랐고, 행동했고, 되었다. 이제 또 계속
해서 원하고 행동하면 될 일이다.
지금, 원하는 것보다 더 좋게 되어가는 중이다.

생각지도 못한 타이밍에 완벽한 성공

난, 스스로가 열정을 갖고 동기부여가 될 수 있는 사람
이 아니다. 늘 외부로부터 주입해서 넣었던 동기부여가
멈춰있는 나를 굴러가게 밀어주었다. 인생의 예측 불가
함을 좋아하면서도 성공은 꼭 하고 싶은 나는 이 문장이
퍽 맘에 든다. 내 인생의 성공, 그것도 완벽한 성공이되
내가 예상치 못한 순간에 즐겁게 이루어졌으면 좋겠다.
생각지도 못한 타이밍에 내 완벽한 성공이 일어날 거니
까, 순간을 더욱 흥미진진하게 보낼 수 있다.

여전히 가장 좋아하는 문장 중에 하나다. 꿈을 짓는 일
들을 계속할수록 확고해진 생각 중의 하나가 원하는 목
적지는 내가 정하되 그 과정은 내가 정하지 않는 것이
다. 고작 몇십 년을 살아온 내가 세상에 일어나는 일들
을 모두 알지는 못할 테니, 세상에 일어날 모든 가능성
을 내가 예측하지 않기로 했다.
지금 당장 무엇을 해야 할지 모르기에 막막할 땐, 단지
내가 궁극적으로 원하는 바를 더 명확하게 하다 보면 지
금 당장 내가 해야 할 일이 떠오른다. 마음이 혼란스러
울 땐 드림 보드부터 다시 한번 재정비하는 게 이제는
너무나 당연한 일. 떠오른 생각들을 실천하고 있다 보면
생각지도 못한 타이밍에 내 삶에 일어나 있다.
얼마나 또 생각지도 못한 타이밍에 완벽하게 일어날지
기대되는 날이다.

일상 복귀 준비 기념, 가장 좋아하는 문장!

일을 시작하고 가장 긴 연휴를 보낸 후 다시 일상으로 복귀 전 가장 좋아하는 문장으로 또 한 번 열정 일으키기.

별거 없는 일상이다.
아침에 일어나서 출근해서 일하고
퇴근해서 집에 와서 그림 그리고
별거 없는데 되게 특별한 일상이다.

별거 없는 일상이 사실은 엄청 감사한 하루라는 사실.

오히려 특별한 삶

별거 없는 일상이 좋다. 아는 게 많아서 겁이 많아진 건지, 아는 게 없어서 겁이 많아졌는지 최소한의 생존과 안전에 대한 두려움이 많아져서일까? 아무일 없이 모두가 건강하게 하루를 보내는 것만으로도 감사한 하루가 되었다.

무언가 특별한 일들이 매일매일 일어나고 화려한 일상이 가득한 삶이 부러웠는데, 이제는 내가 좋아하는 몇 가지로 꽉 찬 하루 일상이 아무 탈 없이 무난하게 흘러간 하루가 아주 아주 특별하고 행복하다.

아직 해결하지 못한 삶의 어려움들에 짓눌리는 날들이 많을수록 하루 고민 없이 무사히 보내는 날들이 참으로 감사하다. 오늘도 별거 없이 무사히 살아남아서 정말 감사합니다. 하루 한 끼 맛잇는 거 먹을 수 있고, 좋아하는 그림을 그리는 일들을 하고, 베리와 침대에서 뒹굴뒹굴하며 시간 보내는 삶. 오히려 특별한 삶!

화나는 마음, 나쁜 마음 들 때마다
왜 그런 마음 드는지 곰곰이 생각해 보기.
왜 그런 마음이 들었을까?

내 감정에 귀 기울이기

감정이 주는 힌트는 상당히 강력하다. 어떤 감정이 드는 이유를 정확히 이성적으로 설명할 수 없을 때도 감정은 정확히 나의 마음을 알려준다.
외적인 부분에 이유가 있을 때도, 내적인 부분에서 이유가 있을 때도 있다.
어떤 일을 마주하거나, 누군가를 마주했을 때 부정적 마음이 든다면 가볍게 넘기지 않고 왜 그런 건지 곰곰이 생각해 본다. 이 단편적인 상황, 내 감정 뒤에 어떤 이유가 있어서 이런 마음이 드는 걸까? 하고 말이다.

내 자격지심의 문제일까, 상대방 태도의 문제일까, 나의 가치관 문제일까, 어느 부분에서 내가 이런 마음이 들었는지 한 번에 명확하게 이유가 생각나지 않아도 계속해서 이유를 생각하다 보면 몰랐던 스스로를 더 알게 되기도 하고 스스로와 내 삶을 더 잘 지키는 방법이기도 하다. 감정에 주의를 잘 기울이기!

돈 많이 벌 거야

혼자 다짐했던 것이 있다. 더 이상 엄마와 돈 때문에 삶을 갉아먹지 말자고. 가족들의 빚을 짊어지게 되면서 엄마와 돈을 갖고 고통스러운 대화를 하는 날들이 잦았다. 매달 나가야 하는 돈에 비해 내가 가진 돈이 늘 턱없이 부족해 마치 사채업자가 된 듯 다른 사람도 아니고 엄마한테 악을 써 50만 원을 받아냈다.

세상에서 가장 더러운 돈이라는 생각이 문득 들었다. 엄마라고 안 보내주고 싶어 안 보내는 게 아님을 뻔히 알면서도 내가 할 수 있는 행동이 그것뿐이라는 게 죽도록 싫었다. 가난이 죄라고, 가난이 뭐라고. 가족끼리 이런 존중도 없는 대화를 해가며 내 삶을 괴롭게 하고 있는 걸까? 그래서 결심했다. 5년 가까이 해온 이 짓을 이제는 그만해야겠다고….

돈이 하늘에서 뚝 떨어져, 내가 갑자기 돈 버는 능력이 좋아져 그만할 수 있는 거였으면 좋겠지만 그렇지는 않았다. 망한 집의 회복이란 그렇게 쉽게 일어나지는 않는다. 그렇지만 안될 것도 없다. 혼자만의 결심으로 혼자만의 돈에 대한 고민은 커졌지만, 엄마한테서 이만큼의 걱정을 덜어주고 우리가 그만큼의 대화를 하지 않을 수 있다면 괜찮다고 생각했다.

나에게 주어진 시간이 조금만 더 있기를 간절히 바라며 지금까지는 살아남아 있다. 그리고 확신하니까.

정말 많은 돈을 벌 거야. 난. 걱정하지 마!

내 소중한 사람들이 곤란한 상황에 부닥치지 않았으면 좋겠고
하고 싶은 거 마음껏 할 수 있게 해줬으면 좋겠고,
내가 해주고 싶은 거 마음껏 해줄 수 있었으면 해서.

오랜만에 물류센터 이야기

막중한 임무

수습이 끝나고 정식 직원이 됐다! 다행히 잘리지도, 지쳐 떨어지지도 않고 살아남았다. 한 달을 버티고 직원이 되면 어느 정도 익숙해질 줄 알았지만, 신입이 있던 임시 자리에서, 직원들이 있는 곳으로 자리를 옮기고 나니 아직 또 갈 길이 멀었다는 생각이 들었다. 내가 있던 그곳은… 따스한 온실 속이었달까. 또 야간 잔업이 굉장히 많아졌다. 벌써 3일째 야근 중… 그래도 아직은 살아남았으니, 참 다행이라 생각한다. 계속해서 이렇게 열심히 일하고, 그럼 그리고, 그랬으면 좋겠다.

식품 포장을 하다 보면 날짜를 보고 살지 않아도 시간의 흐름을 느낄 수 있다. 유난히 떡국떡이 많은 날이면 '아 이제 설인가 보다' 갑자기 못 보던 땅콩, 호두, 나물들이 많아진 날이면, '아 이제 곧 보름이구나' 하고.

:

혼자 회사를 만들고, 혼자서 직원이 되어 일을 하는 지금. 능력 있는 직원이 되어서 회사가 잘 되게 해야 하는 막중한 임무가 있다. 부족한 역량을 잘 키워서 계속해서 살아남는 멋진 회사가 되기를….

불가능해 보이는 일이더라도
아주 조금씩 차근차근 꾸준히 하면
안되는 게 없을 거야!

우리는 생각보다 대단하거든

-yeony

얼마나 다행인지

맞다. 우리는 진짜 생각보다 대단하다. 근데 그걸 잊는다. 많은 사람들이 잊고 살고, 나도 수시로 잊고 삶의 많은 순간 그 사실을 잊고 산다. 스스로가, 누군가가 다시 상기시켜 주지 않으면 그 사실을 잊게 만드는 일들이 훨씬 많이 일어나니까.

그렇다. 사실 우리는 생각보다 정말 대단하다. 일단 하기만 한다면 말이다. 눈으로 보고 머릿속으로 생각했을 땐 불가능한 일들이 아주 작게나마 계속해서 움직였을 땐, 된다.

블루베리씨가 계속해서 말해줘서 얼마나 다행인지….

어떤 게 내 모습인지 몰라 참 많이
혼란스러웠는데, 다양한 모습들이 다 내 모습이었어.
친절한 나도, 이기적인 나도, 자신감 있는 나도,
쭈그러드는 나도, 밝은 나도, 어두운 나도.
다 내 모습이라는 걸 알고 나니까,
마음이 편안해졌어.

오늘의 대화

-yeony

그냥 다 나야

나는 진짜 다양한 모습이 있다. 누구와 있느냐에 따라서도 달라지고, 어디에 있느냐에 따라서도 다르고, 어느 시간대인지, 무엇을 하고 있는지에 따라 계속 다르다. 시간이 지나고 경험하는 것이 달라질수록 또 다양한 모습들이 생겨나고 사라진다. 한때는 매번 다른 내 모습이 너무 모순적인 것 같고 나조차도 내가 어떤 모습이 나인지 모르는 것 같았다. 사실 모두가 다 내 모습인데 말이지. 여러 모습들 중 유독 마음에 드는 내 모습이 있다면, 그 환경 그 사람 그 일을 더 하는 쪽을 선택하는 편이다. 사람들과 있을 땐 신나고 시끄럽다가도 혼자 있을 땐 차분하고 생각 많고 이렇게 글을 쓰기도 하고, 혼자 있을 땐 신나게 까불며 춤추고 놀다가도 사람들과 있을 땐 쑥스러워 가만히 있기도 하고, 처음 그림을 그리고 글을 쓰는 일을 할 땐 사람들이 모르는 나의 모습을 보이는 게 너무나 부끄러웠는데 이제는 나의 여러 모습을 보일 수 있는 일이 정말 좋다.

뭐 가끔 내 마음에 들지 않는 모습이 나와도 뭐 어때! 그냥 다 나야.

사실 오늘 감정 조절에 실패했어.
그러려니 할 수 있는 일에
괜한 감정과 시간을 쓰고, 하지않아도 될말도 하고.
조금만 지나면 후회할 일들인데.
어떻게 하면 더 넓은 마음을 갖고
흔들리지않을 수 있을까?

감정의 신호

나의 거친 성격을 인정하기로 했다. 나는 다혈질의 기질이 있어서 화가 나면 순간적으로 훅하고 사나워진다. 이런저런 일들을 많이 겪다 보니 화가 나는 일에 역치가 많이 높아져 화가 나는 일은 적어졌다. 그래도 여전히 화가 나는 일은 존재하고, 내 성격은 세지면 세졌지 여전하다. 물론 나의 속 좁음으로 인한 괜한 객기는 되지 않도록 이게 내가 화가 나는 일인지 잠시 생각하는 건 지금도 노력 중이지만, 그럼에도 화가 나는 일이라면 분명 이유가 있다고 여긴다. 명확한 이유는 지금 당장에 모르겠어도 내가 기분이 나쁜 일이라면 해결할 수 있는 이유를 적극적으로 찾는다. 사람이나 환경 때문이라면 멀리 할 수 있는 방법을 찾는다던지, 관계를 달리할 수 있는 방법을 찾는 다던지. 내 삶을 잘 가꾸는 방법 중에는 도움이 되지 않는 잡초들을 방치하지 않고 바로바로 정리해 주는 것도 필요해서 이제는 적극적으로 정리하는 편이다.

내가 부족해서 관계의 어려움을 겪는다고 자책하고 어떻게든 좋은 관계를 이어가려고 노력했었는데, 내 감정의 신호 또한 중요한 기준이 되어주니까 판단하기도 좋다. 맹목적인 감정 조절에만 집중했던 과거에서 이제는 내 감정에 조금 더 확신이 생겼달까. 주의해야 할 점은 내 자격지심을 평소에 잘 관리해 놓기. 괜한 혼자만의 자격지심으로 그러지는 말기.

역시 좋다.
다정한 말, 다정한 사람.

다정한 말

많은 사람들이 입사했다 퇴사하는 일을 반복하다 보니, 새로운 신입들이 많이 들어올수록 기존에 일을 하던 사람들은 불편함을 겪기 마련이고, 소위 오래된 짬밥이 높은 사람들은 처음 본 사람들에게 까칠하기 일쑤다. 괜히 물어볼 겸 유독 까칠했던 사람한테 말을 걸었다가 눈빛부터 찔릴 듯 따가운 대우를 당했던(심지어 도와줄 겸 물어본 건데) 난, 다정한 말 한마디에 다시 녹았다. 그렇게 또 하루를 다시 버텼다.

여전히 나를 살리는 다정한 말들. 뾰족하고 까슬한 삶 속에서 또 나를 보듬어줄 수 있는 건 누군가의 다정한 말 덕분이다. 무뚝뚝한 성격과 팍팍한 삶을 핑계 대며 다정한 말을 잘 건네지 못하는 나는 매번 누군가의 다정함을 받으며 반성하곤 한다. 다정한 말 속에 담긴 그 다정한 마음이 온전히 전해져서이다. 대단한 무언가보다 한마디의 다정한 말로 온전히 위로 받고 희망도 얻던 경험을 잊지 말고 다정한 말을 건넬 수 있는 사람이 되어야겠다.

바다에 빠진 남자

바다 한가운데에 빠진 한 남자가 정말로 간절하게 하늘에 기도했다고 한다. 제발 나를 살려달라고. 간절하게 기도하고 또 기도했는데 남자는 구조되지 못했고, 결국 하늘나라에 가서 신께 물었다. 왜 내가 그렇게 간절하게 살려달라고 기도했는데 이루어주지 않았냐고. 신은 이렇게 대답했다. '나는 너를 살리려고 수많은 도구를 너의 곁으로 보냈는데 네가 그것들을 보지 않았다'고. 사실 남자 옆으로는 잡고 살 수 있는 나무판자, 고무 튜브 등 수많은 것들이 지나갔지만, 남자는 자신을 구조해줄 '보트'만을 기다리며 정작 자기 곁에 왔던 수많은 살 수 있는 방법을 놓친 거였다. 자신이 궁극적으로 원하는 것에 집중하지 않고, 본인이 생각한 방법에만 갇혀 결국은 정말로 원하는 바는 놓치고 만 것이다.

이 이야기를 읽을 당시 정말 큰 충격을 받았었는데, 일상을 보내다 보면 또 쉽게 잊게 되는 것 같다. 여전히 또 같은 실수를 하고 있지는 않은지 다시 한번 생각하고, 매 순간 나에게 주어진 순간에 최선을 다해야겠다는 다짐을 다시 한번 한다.

과정에 집착하느라 무엇이 본질인지도 모르던 과거의 나에게서 본질을 깨달을 수 있게 해줬던 이야기. 매 순간 올바른 선택을 할 수 있게 도와주고 내가 지금 집착

하고 있는 것이 궁극적으로 원하는 것이 맞는지 점검할
수 있는 사람이 되게 해주었다. 방법에 대한 편협한 생
각에서 벗어나 꿈으로 가는 길 위에서 모든 순간 최선
을 다할 수 있게 해준다. 오늘은 또 어떤 것이 떠내려와
나를 살려주려나.

어딘가에서 읽었던
'바다에 빠진 남자 이야기'

- yeony

아직 못 해본 게 많아서

요즘의 내 삶은 단 몇 가지로 정해져 있다. 일, 베리(우리 강아지) 그리고 약간의 덕질들. 내 삶의 우선순위들로 꽉 차 있다. 내가 가진 능력이 아직은 이 우선순위만 감당할 수 있어서 아직 못 해본 게 많다.

삶의 시기마다 새로운 것들을 경험하면서 지나왔지만 여전히 못 해본 것은 많고 그래서 여전히 신나고 기대된다. 특히나 경제적 성장을 이루면 이룰수록 더 많은 선택지와 경험의 폭이 넓어진다고 생각하기 때문에 앞으로의 경제적 성장에 따를 경험을 생각하면 설레고 흥분된다. 작업 성장을 통해서도 경험하게 될 다양한 경험들, 베리와 함께 지내면서 해볼 재미나고 귀여운 일들, 내가 성장하고 멋져짐에 따라 일어나게 될 멋진 일들, 아직 못 해본 게 많아서 얼마나 신나고 설레는지.

그냥, 응원

지금도 정말 예쁘게 반짝이고 빛나!

아무런 이유도 조건도 필요 없는 응원.

그냥 오늘은 꼭 그 말을 해주고 싶었어.

그냥 응원하고 싶었어!

친절하라. 항상

'친절히 해라. 항상'

유튜버 '알간지'님 덕분에 알게 된 글, 하루하루 물류 센터에서 일을 더해가면서 요즘 들어 더 마음에 와닿는 글이다. 일을 하다 보면 이유 없이 나에게 차가운 사람, 가시 돋친 말을 하는 사람들을 자주 마주치게 된다. 혹은, 이해가 안 되는 행동을 하는 사람. 대부분 시간이 조금 지나서 보면, 상황에 대한 오해나 저마다의 사정이 있어서 그러는 경우다(지나고 보면 좋은 사람인 경우가 대부분이다).

함께 일하는 시간이 길어질수록, 서로 나누는 대화가 많아지고 마음을 열수록, 조금씩 개인이 가진 이야기들을 듣게 되는데, 참 저마다의 사연과 사정들은 딱하기만 하다. 다들 그들의 상황이 그런 모습을 만드는 거겠지. 나부터도 그러니까. 그런데도, 친절하기란 참 어려우니까. 아직은 조금 어렵지만, 나부터 친절한 사람이 될 수 있기를. 그들의 애쓰는 마음을 이해할 수 있는 사람이 될 수 있기를.

내가 가진 어려움이 가장 힘든 건 우리는 인간이니 어쩌면 당연하다. 내 일상 속 여러 문제들이 나를 덮치면

'세상의 모든 사람은, 자신만의 전쟁을 치르고 있다.
친절하라. 항상'

'Everyone you meet is fighting
a battle you know nothing about.
Be kind. Always.'

-Yeony

내가 가진 감사한 것들에 대해선 너무나 당연해지고 나는 문제들에 짓눌린 안타깝고 힘든 존재가 되어버린다. 내가 이렇게 힘든 상황에 부닥쳐있으니 실체 없는 비교에 빠지고 예민해지고 날이 선다.

여러 순간을 겪어오며 나름의 깨달음은 문제는 언제 어느 때나 있을 것이며, 문제는 해결되고 내가 행한 행동만 남는다는 사실. 누군가를 위해 내가 행동할 수 있는 차분함과 친절은 누군가를 위해서가 아니라 나에게도 대견함과 뿌듯함으로 남아줘 내가 살아가는 데도 도움이 된다. 여전히 내 어려움을 핑계 대지 않으려 노력하다 실패하기 일쑤지만, 오늘도 친절하기 위해 노력하는 사람이 되어본다.

'언젠가 그런 순간이 된다면, 그런 날이 온다면,
~가 된다면' 하고. 그리고 그전까진
난 아직 자격이 되지 않는다고 생각했다.
마음껏 오늘을 살 자격이.

행복의 조건

나는 오랜 생각의 틀 중 하나로 항상 내 행복과 삶에 조건을 달았다. 얼마 전부터 그 생각의 틀의 모습이 조금 바뀌었다. 오늘 내 행복에 조건을 달지 않는 걸로. '언젠가'를 기다리며 지금을 흐릿하게 두지 않기로. 결국엔 지금을 마음껏 산 사람에게 그 순간도 올걸….

삶에서 가장 큰 좋은 변화 중 하나를 꼽으라면 바로 나의 행복에 조건을 달지 않는 것이다. 아이러니하게도 집이 망하기 전까지 내내 나를 괴롭혔던 행복의 조건이 오히려 집이 완전히 망하고 나에게서 아무것도 없어진 때 없어졌다. 어쩜, 가진 게 없으니 더 이상의 조건을 다는 것이 나의 삶에 의미가 없었다. 이 자체로도 행복하지 않으면 안 되었으니까.

조건에 대한 집착을 내려놓고 나니 내가 지금 갖고 있는 것만으로도 감사하고 행복해질 수 있었고 매 순간 내가 느끼고자 하면 행복을 느낄 수 있음을 깨달았다. 내가 언제 어디서든 원하는 대로 느낄 수 있는 행복, 조건 따위 필요없다.

반희반비

삶의 어려운 부분에 직면해 있을 땐 대부분의 시간을 내 감정을 다독이는데, 내 자존감을 이리저리 수습하는 데 쓰인다. 오히려 일에 더 집중하고 더 많은 일을 해내야 할 때이지만 숨을 조여오는 상황에 차분히 몰입하고 자신감을 유지하기란 여간 어려운 일이 아니다. 저 밑으로 담가졌다가도 나는 할 수 있다며 자신감을 끌어올리고 잠깐의 기대에 부풀었다가도 실망하기에 바쁘니 매 순간의 것들에 일희일비하지 않기로 한다.
온전히 마음을 놓고 기뻐하고 여유를 가질 수 있을 때까지는 반희반비 해보자. 쪼끔씩만.

조금은 차분하게,
감정을 길게 호흡해야 할 것 같은 요즘이야.
이리저리 널뛰던 기분들을,
조금은 잔잔하게

'일희일비하지 않기'를
연습 중이야

-yeony

잊지 말아야 할 사실

잊지 말아야 할 사실

사랑받기 충분한 존재야 ͜

대화의 갈증 해결.
대화가 통하는 사람과의 대화는 참 개운하다.

대화의 갈증

관심사와 가치관이 맞는 사람과 만나 신나게 이야기하는 대화는 타들어 가던 대화의 갈증을 시원하게 해결해 준다. 혼자 일하는 시간이 길고 많은 사람들을 만나지 않다 보니 어쩌다 한 번씩 그런 상대를 만나 이야기하고 나면 너무 신나 목이 쉬어있다.

워낙 좁은 관심사에 누군가는 유별나다 할 수 있는 가치관을 가졌다 보니 일상에서 많은 상대가 있는 건 아닌데. 묵혀뒀던 갈증을 오랜만에 한 번에 해결하는 것도 꽤 즐거운 일이다. 길었던 머리를 한 번에 숭덩 자르거나. 땀을 뻘뻘 흘리며 운동한 후 하는 시원한 샤워와 같은 그 개운함!

덕질과 덕질메이트는 귀하다 귀해. 이제는 내 생각과 관심사를 공감해 주고 좋아해 주는 분들이 많이 생겨서 오프라인 행사나 메시지들을 통해 간혹 대화를 나눌 때면 한 번도 이전에 만나본 적 없음에도 눈을 반짝이며 이야기하는 즐거움이 생겼다. 알아 온 시간보다 더 중요한 게 많다는 사실. 작업실이 있는 감사한 시간에 더 많은 오프라인 만남을 할 계획이다!

언젠가 만날 나의 하나뿐인 짝꿍을 찾는 그 첫 번째 조건도 나와 개운한 대화를 해줄 사람이지.

내 마음 다해 최선을 다한 내 행동에
난 누군가에는 참 못난 사람이고,
누군가에게는 참 좋은 사람이 된다.
일을 하는 곳에서도, 개인적인 관계에서도.
전부를 만족시킬 수 없다는 걸 아니까
결국은 내 마음 가는 대로 할 테지만
여전히 마음 한쪽이 불편한 건 어쩔 수 없나 보다.

관계의 정답

모든 사람을 불편하게 하고 싶지 않다는 생각은 일상에서도 내 긴장감을 높이고, 작업을 할 때도 어려움을 준다. 어쩌면 모든 사람에게 미움을 받고 싶지 않다는 마음에 매번 타인에게 내 모습을 맞추다 보니 정작 내 모습이 어떤지 모른 채로 살아온 시간이 길었을 수도 있다. 내가 어떤 사람인지 자세히 탐구하는 대신 누구에게도 불편함이 없는 내가 되면 되는 거니까. 내 생각을 이야기하는 일러스트레이터가 되기로 한 이후에는 더 뚜렷하게 나라는 사람과 내 생각을 알아채기 위해서 노력해야 했고 계속해서 내 생각과 이야기를 전해야 한다. 그 과정에서 나의 이야기에 공감하는 사람들은 내 곁에 있어 줄 것이고 그렇지 않은 사람들은 같이 하지 않으면 될 일이다. 이 단순하고 명확한 관계가 왜 이리 어려운지.

하나의 브랜드로서 살아남기 위해서도 뚜렷한 타깃을 잘 알고 정해야 한다는 이야기들을 수없이 들으면서도 내가 배려하지 못한 불특정 누군가에 대한 마음을 괜히 왜 쓰고 있는 건지 모르겠다. 소심한 성격이 드러나는 부분.

변하지 않은 생각

인생에서 사람이 가장 중요한 것이지만, 그 수는 정말
로 중요하지 않다는 생각은 지금도 변하지 않았다. 귀
한 사람들 몇 명, 혹은 한 명만이어도 내 인생은 행복할
수 있으니까. 그런데 그런 귀한 사람이 여러 명이라면,
말도 못 하게 행복하겠지.
요즘은 욕심이 점점 커져 그에 더해 더 많은 사람들에
게 사랑받고 싶다고 원하기 시작했다. 더 많은 분께 나
의 이야기가 닿고 그 중 내 이야기에 공감이 되거나 위
로와 응원을 받을 수 있는 분들이 많았으면 좋겠다고.
누군가의 마음에 '좋은' 것으로 인식되어 귀한 시간과
관심을 쓰고 싶게 하고, 더 자세히 알고 싶은 마음마저
가는 것. 그 일련의 과정이 얼마나 특별한 것인지 아니
까 더욱더 특별해지고 싶은 마음이 커지기 시작했다.

많은 사랑을 받고 싶은 만큼 그런 사랑을 받을 자격을
갖추는 일에 더더욱 노력해야 할 때다.

예나 지금이나 변하지 않은 생각

ㅋㅋㅋ

행복한 삶을 사는데
그리 많은 사람이 필요하진 않은 듯해.

안 괜찮으면 안 괜찮다고 해도
괜찮아.
애써서 괜찮은 척, 괜찮다고 할 필요 없어

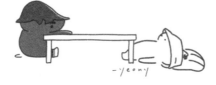

-yeony

안 괜찮다고 말하는 것도 연습이 필요하다

어려움을 얘기하는 게 유독 어려운 나는, 힘들어도, 아파도 그렇다고 얘기하는 게 참 어색하고 어려웠다. 괜한 나의 투정이 남에게는 불편함이 될까 봐. 다른 사람들의 어려움과 아픔엔 도움을 못 줘 안달이면서, 자신의 아픔과 힘듦은 모른척하던 시절. 연습이 필요하다는 걸 깨닫고 조금씩 표현하기 시작했다.

안 괜찮을 때도 있다. 그렇지만 지금도 여전히 나의 안 괜찮음을 잘 이야기하진 않는다. 다른 사람들의 마음을 배려하느라 이야기하지 않았던 때에서 이제는 말의 힘이라는 건 어마어마한 것임을 잘 알아서 구태여 나의 안 괜찮음을 이야기하며 형상화하고 싶지 않기 때문이다. 지금은 안 괜찮은 것보다 괜찮고 좋은 부분들이 더 많으니까 그렇기도 하고 자신의 확신과 잠재의식을 위해서 노력하는 부분이다. 계속해서 좋은 나날들에 생각과 에너지를 힘껏 써야 하니까. 물론 안 좋은 것들을 이야기할 시간이 없기도 하고. 안 괜찮은 상황에서 일부러 괜찮은 척하는 일은 더 이상하지 않지만, 아무런 감정을 두지 않으려 하는 편.

이게 말이 되나 싶은 일들, 미친 거 아닌가 싶은 일들, 바들바들하면서도 진행하느라 안 괜찮은 일이 없을 수 없지만 다 잘되려고 하는 일들. 내가 선택한 일들. 잘되고 나서 이야기하면 재미난 이야기니까 잘 성공시켜서 재미난 이야기보따리 또 잔뜩 들고 와야지.

다 된다.

말하는 대로

누군가 들으면 우스운 소리라고 할지 모르지만 난 물류 센터에서 일하던 당시에 곧 슈퍼스타가 될 거라고 굳게 믿었다. :) 역경을 극복하고 성공한 사람들이 훨씬 멋지니까 지금의 이 순간들이 나중에 멋진 이야기들로 나올 거라고 진심으로 생각했다. 성공한 사람의 과거 힘들었던 이야기, 비하인드 스토리랄까. 멋진 이야기가 되려면 일도 열심히 해야겠지. 그리고 이 멋진 이야기가 현실이 되려면 퇴근 후 작업을 해야겠지. 그리고 말하는 대로 이루어진다고 하니까 말도 열심히 해야 하지.

가끔 몸이 지쳐 생각이 희미해질 때면 다시 또 슈퍼스타 마인드로 정신을 다잡았다. 물론 아직은 슈퍼스타가 되진 못했지만(앞으로 진짜 슈퍼스타가 되고 싶은 건지 잘 모르겠지만. 크크크), 당시에 슈퍼스타가 될 거라고 믿고 지켜줬던 많은 행동과 생각들 덕분에 지금의 내가 있다.

오늘도 또 다른 슈퍼스타를 상상하면서 말한다. 말하는 대로 다 된다.

내가 바라는 나의 하루를 열심히 상상해봤다. 내 사람들과 즐겁고 건강하
게, 원하는 만큼 좋아하는 일을 하고, 일이 끝나면 사랑하는 사람들과 함께
충분한 시간을 보내는 그런 하루. 생각할수록 더 생생해지고, 더 이루고 싶
은 그런 하루. 오늘 몸은 힘들지만, 기분은 좋다. 이루어가는 과정이 즐거운
삶. 오늘 이 하루도 즐겁게 추억하는 날이 오겠지.

이루어가는 과정

요즘 이유를 알 수 없지만 일상에서 문득문득 미국에서 처음 살았을 때의 냄새가 난다. 순간적으로 그때의 냄새가 날 때마다 이상하게도 그 순간이 무척 그리웠는데, 당시의 나는 그리 행복하지 못했다.

지나간 일에 후회를 거의 하지 않는 편이지만 최근에는 그 냄새를 맡을 때마다 그 순간을 맘껏 즐기지 못했던 것이 제법 후회된다. 운이 아주 좋게도 21살, 원하던 때에 미국으로 유학을 갈 수 있었는데, 그때도 경제적으로 여유롭진 못했고, 부모님을 고생시킨다는 죄책감에 내가 이럴 때가 아니라며 아직 행복할 자격이 없다고 생각했다. 오지 않은 어느 미래만 생각하고, 그 순간이 되어서만 온전히 행복할 수 있다고 믿었던 순간들. 그게 어느 순간인지도 모른 채로라는 게 충격적인 부분이다. 정말 정말 감사하고 행복한 순간들이 많았는데 그런 기억을 많이 남기지 못한 점이 더 아쉽다. 이렇게 지나와 보니 그때는 정말 그럴 때가 아니었는데 말이지. 그래서 더 늦기 전에 이제는 현실 속에서 행복을 꾹꾹 눌러 담는다. 지나가 돌아보면 지금도 행복한 때일 테니까. 어려움은 지나가고 감정만 남는다. 내 현실에 치여 힘들었다는 기억 대신, 지금의 행복한 감정들을 잔뜩 남겨두어야지.

오늘도 잘 버텼다

물류센터 근무 3개월 차에 접어드니 함께 했던 동료들이 하나둘씩 떠나갔다. 같은 시기에 입사했던 분들은 모두 떠나고 혼자만 남았다는 사실, 체력과 건강의 이유로 가장 많이 그만두는 만큼 하루하루가 고비긴 하지만, 오늘도 잘 버텨냈다.

물류센터도 버텼는데 무슨 일인들 못 하겠나! :) 어느덧 내가 하고 싶은 일로 살아남아 보겠다며 본격적으로 일을 시작한 지도 3년 차이다. 중간중간 투잡을 하면서 생계를 이어오기도 했지만, 취업은 하지 않은 채 살아남아 가는 중인데 사실은 난 이 일이 아니라면 살아남을 수 없다.

내가 너무 좋아해 시작한 일이지만 나와 우리 가족들의 삶을 살릴 유일한 일이라고 생각하기 때문에 한 번도 다른 일에 대해서 고민해 본 적은 없다. 어떻게 하면 이 일을 더 잘할 수 있을까에 대한 고민뿐. 정해진 길이 있는 일도 아니고 개인의 역량에 따라 큰 차이가 나는 일이기 때문에 무수한 가능성이 열려있어서 더 좋아한다. 비록 원하는 만큼의 성과가 나기 전까지는 버티고 버티는 시간이지만 그 과정마저도 너무 감사하고, 오늘의 버팀도 뿌듯하다. 내가 사랑하는 일로 나의 원더랜드를 준비하고 있는 이 시간이 너무나도 감사할 뿐!

오늘도 잘 버텨내었다! 난 할 수 있어.

정말루

힘든 하루를 보낸 날일수록, 좋은 말을 해주었던 블루베리씨.

좋은 날은 반드시 와

좋은 날은 반드시 온다. 지금도 계속해서 오고 있다.

요즘 나의 드림보드는 전과 달리 많이 단순해졌다. 맨 처음 드림보드를 만들던 땐 뭘 원하는지 몰라서 텅 비었다가, 원하는 것들이 많아져 수많은 꿈들이 마구마구 확장했었던 시기를 지나, 이제는 또 다시 몇가지로 단순화가 되어가고 있다.
진짜로 원하는 일과 바라던 삶의 패턴을 갖고 난 이후부터는 나만의 원더랜드가 훨씬 더 뚜렷해져 지금의 삶에서 더 좋은 모습의 버전 정도랄까. 삶의 큰 기둥들을 세우고 나니 이제는 그것들을 풍성하게 해줄 위로 넓게 뻗어 올라갈 가지들과 푸르른 나뭇잎들을 원하게 됐다.

좋은 날이 혹여나 오지 않을까하는 두려움이 들때마다 블루베리씨가 계속해서 말해준 덕분에 정말로 좋은 날들은 계속해서 오고 있다. 다른 날이 아니고 좋은 날을 택해준 것을 정말 정말 고맙게 생각한다. 지금도 불안함에 가슴이 두근대고 호흡이 가빠질때면 계속해서 상기하는 말. '좋은 날은 반드시 와!' 그리고 그날은 생각지도 못한 순간에 오지.

다른 누군가에게 보다 스스로에게 솔직하기

스스로에게 솔직하기

꿈을 짓는 일에 핵심은 바로 솔직함이다. 내가 무엇을 원하는지에 대해 스스로에게 아주 솔직해야 한다. 알량한 마음에 괜히 있어 보이고 싶어서 그럴듯해 보이고 싶어서, 혹은 나를 이상하게 볼까 봐 괜한 마음에 솔직하지 못하면 꼭 언젠가 탈이 난다.

처음에는 나조차도 내 진짜 마음을 모르겠기에 자주 헷갈리기도 하지만 노력을 더 해 진짜 원하는 것들을 알게 되면 알게 될수록 더더욱 스스로에게 솔직해져야 한다는 걸 알았다.

내가 나에게 솔직할수록 나도 내 자신을 있는 그대로 바라볼 수 있고 그렇게 명확한 관계는 괜한 오해를 만들지 않아서 좋다. 구태여 다른 사람들에게 알려줄 필요도 내보일 일도 없으니 내가 가진 내 욕망, 나만의 취향, 삶의 방식, 인생에 대한 가치관 등 솔직해야 할 것들이 가득하다.

스스로가 정한 철칙. 더하지도 덜하지도 않게 있는 그대로 솔직하자. 다른 사람들은 모른대도 내가 아니까 나를 속이는 일은 하지 말자.

내 이야기를 하는 일을 하는 만큼 차곡차곡 쌓은 솔직함이 자연스럽게 드러나기를 바란다.

요즘 내 소망은
무거운 거 안 들고 살기!
(일할 때 무거운 게 점점 많아지는 중이다)
앞으로 1kg 이상은 안 들고 살 거야.

요즘 내 소망

지금의 내 소망은 돈 많이 벌기. 삶의 우선순위들이 채워진 만큼 이제 다음 순서는 돈이다. 여전히 무거운 것도 안 들며 살고 있고 건강과 사람, 베리, 사랑하는 일들이 알차게 채워진 만큼 이제 다음 소망은 충분한 돈이다. 어디선가 그러던데 돈이 해결해야 할 문제 중에 가장 쉬운 문제라고. 그 가장 쉬운 문제 한번 해결해 보리라. 돈으로 인해 겪어야 하는 괴로운 대화들과 생각들 눈 녹듯이 다 녹아 없어지는 것. 원하는 만큼의 돈을 품을 수 있는 넉넉한 돈 그릇을 지닌 사람이 되어서 큰돈을 가치 있게 다룰 수 있는 사람이 되어야겠다.

여전히 돈에 관한 공부가 아주 부족해서 소망과 더불어 공부도 열심히 해야지. 하나 더 추가해 본다면 세상에 맛있는 것들 다 먹어보기. 좋아하는 사람들과 맛있는 음식 먹는 것이 큰 삶의 행복인 만큼 내가 아직 몰랐던 맛있는 음식들 다 먹어보러 다닐 수 있었으면. :)

날이 따뜻해지면서, 물류센터 식품 배송일에는 무거운 걸 드는 일이 부쩍 많아졌다. 얼음도, 드라이아이스도, 물건들도. 하루 종일 무거운 걸 들며 힘들었나 보다. 오죽하니 소망으로 이런 걸 바라다니.

정말 고마워

가끔은 정말 이해가 안 될 정도로 나를 믿어주는 사람들이 있다. 나조차도 나를 전혀 믿을 수가 없던 때에도 그저 나는 잘될 거라며 응원해 주고, 내 쪼그만 능력에 괴로워서 몸부림칠 때도 나의 가능성을 믿어준다.
늘 긴말도 없이 '잘하고 있다'고. 누구와도 메시지나 통화를 자주 하는 편이 아니어서 요란스럽게 관계를 나누지 않았어도 덤덤하게 진짜의 응원을 한 번씩 툭 날려줄 때 내가 열심히 해야 하는 이유를 또 한 번 상기한다.

내가 꼭 잘되어서 행복한 경험을 해주고 싶게 다짐하게 하는 소중한 사람들. 틈틈이 상상하는 내 미래 모습에는 그들이 포함된 장면들이 대부분이다. 잠들기 전, 아침에 눈 뜨자마자 요즘 내 상상 속 그 모습이 또다시 내 눈앞에 현실이 되는 순간 꼭 기록을 남길 거다. 아주 성대하게 기념할 예정이다.

제 이야기에 관심을 두고 들어주시는 분들, 이 이야기를 꼭 기대해 주셨으면 좋겠습니다. 멋진 이야기가 되어서 다시 올 테니까요. 정말로 늘 고맙습니다.

늘 나의 성공을 나보다도 더 확신해 주는 내 친구들, 가족들.
덕분에 내가 용기를 잃지 않고 계속해서 할 수 있었어.

가족들, 친구들, 여러분, 다요!

가끔 정말 이게 정말 현실인가 싶을 정도로
완벽한 순간이 있다.

난 될 줄 알았어

절대로 없을 것만 같던 일들이 너무 아무렇지 않게 와 있는 순간. 사람 일은 정말 모를 일이다. 혹여나 와있는 순간을 알아채지 못하는 일이 없도록 바라던 바를 잊지 말고 찾아온 순간순간을 잘 알아봐 줘야지

원하는 것들을 바라는 것뿐만 아니라 그것들이 이루어 졌을 때 잘 알아채는 것이 정말 중요하다. 원하던 모습 과 꼭 같지 않은 경우가 있어서 모른 채로 지나가는 일 이 자주 있기 때문이다. 내 현실이 되었음에도 알아채 지 못하고 심지어는 이루어지지 않았다며 좌절하고 부 정적인 마음을 갖는 일이 있다면 너무 안타깝지 않은가.

바라는 걸 열심히 하는 것만큼 알아차림도 열심히 해줘 야 한다. 원하던 것보다 더 좋게 와있어서 못 알아차리 는 경우도 있음!

누군가와의 대화 속에서
내 마음속에 존재하는 좋아하는
그것들을 찾는 일.

좋아하는 그것들

'아 맞네, 나 그거 좋아했네.'라고 말할 때가 있다. 나의 좋아함을 찾아주거나 더 명확히 해주는 사람과의 대화 속에는 내가 좋아하는 것들이 잔뜩이다. 혼자서는 인지를 못 한 채로 스며들었던 좋아하는 것들이 대화 속에서 드러나기 때문이다.

좋아하는 것들은 더 자주 이야기해 줘야 한다. 나는 이런 것들이 좋고 이런 이유로 좋아하고 이래서 더 좋아한다고. 좋아하는 것들을 이야기할 수 있는 대화 상대는 그래서 더 중요하다. 내가 좋아하는 것들을 마음껏 좋아한다고 말할 기회가 사실 많이 없다. 대화의 상대가 나의 좋아함을 이해해 주는 사람이 아니라면 나의 좋아함을 혼자 얘기할 수는 없으니까.

무엇이든 반복하다 보면 더 깊고 넓게 알 수 있듯이 내가 좋아하는 것들을 알아채고 자주 반복해서 이야기하면서 내가 좋아하는 것들에 대한 진한 애정을 누구나 갖기를 바란다.

열심인 사람들

요즘과 같은 시대를 살고 있어서 얼마나 다행인지 모른다. 내 주변만의 삶이 아니라 이 세상에 살고 있는 다양한 삶들을 볼 수 있는 시대라서. 내가 원하는 삶에 꼭 맞는 사람들을 찾고 그들을 통해 동기부여를 얻을 수 있다는 게 정말 감사하다.

노는 것도, 공부하는 것도, 일하는 것도, 누구를 만나는 것도, 자기의 가치관에 맞추어 열심히 사는 사람들. 그런 사람들을 좋아하고 배우고 싶다. 나는 내적 동기부여보단 외부적인 동기부여로 이끌어가는 삶이라 나에게 계속해서 동기를 유발하는 사람들이 필요하다. 내가 닮고 싶고 원하는 삶을 살아가는 사람들. 다른 사람들의 삶에만 관심 갖고 신경 쓰느라 내 삶을 살지 않던 때에는 자기 삶을 즐겁고 충실하게 사는 사람들을 보며 배웠고, 물류센터에서 근무하던 시절에는 같은 시간 속에서도 자기 삶에서 원하는 바를 모두 해내는 사람들을 보며 배웠다.

자신의 삶에 완전히 몰입해 아끼고 즐기는 삶. 이제는 자신의 삶에 몰입뿐만 아니라 주변 사람들과 함께 성장할 줄 아는 사람들이 멋지다. 다정한 대화들을 나누고 함께 행복을 누리는 삶. 매 필요 때마다 나를 북돋아 주는 사람들의 삶을 보면서 감탄과 동시에 슬그머니 내 삶에 적용해 본다. 나도 누군가에겐 그런 사람이 되어야지.

자신의 삶에 열심인 사람들.

요즘 꽤 유명해진 미라클 모닝
나도 그거 다시 해볼까 봐요. 미라클 모닝!

기분 좋은 하루

OO벅스에서 보내준 생일 쿠폰이 오늘까지라 출근 전 일상에 살짝 변화를 주었는데, 꽤 많은 것이 달라졌다. 잠이 덜 깬 채로 정신없이 준비하고, 기력 없이 멍하니 출근하던 하루에서 조금 여유를 두고 일어나 여유롭게 아침도 챙겨 먹고, 일찌감치 집을 나서서 OO벅스에 들러 좋아하는 바닐라크림 콜드브루 그란데로 한잔 마셔주고 이런저런 생각을 정리하며 출근했다.

하루의 목적이 다시금 뚜렷해진 느낌. 역시 중요한 건 매일매일 다시 상기시켜 줘야 해. 기분 좋은 하루는 기분 좋은 일이 일어나서가 아니라 나만의 '기분 좋은 하루를 만들기 위한 방법'으로 만들어진다. 기분 좋은 하루가 되기 위한 장치들을 전날 밤부터 해놓고 자면 하루의 시작부터 기분이 아주 좋을 수밖에 없지.

베리가 온 후로 눈을 뜨면 베리가 아침을 맞이해주니 이보다 더 귀엽고 기분 좋은 하루가 없고, 오늘 내가 해결해야 할 문제가 거대한 산처럼 있어도 5분 정도는 눈을 감고 내가 바라는 짜릿한 나의 모습을 그려본다. 스스로에게 전하는 주문이자 응원. 잠시 상상하는 동안 베리가 옆에 누워 기다려주니 베리에게 '언니가 다 할 수 있다!' 약속하고 일어나면 된다.

아이스 바닐라라떼를 좋아하니까 아침에 마실 수 있는 커피까지 준비되어 있다면 더더욱 기분 좋은 하루를 만들 수 있다. 기분 좋은 하루를 만드는 적극적인 방법들이 기분 좋은 하루를 만들어줘서 또 하루를 즐겁게 보낼 힘이 모락모락 생겨나지.

다시 펴는 일

쪼그라드는 일은 원하지 않아도 워낙 자주 쉽게 일어나
서 수시로 쪼그라들기 때문에 자주 펴주는 일을 열심히
해야한다. 쪼그라든 스스로를 그냥 두면 끝도 없이 쪼
그라들수 있기 때문에 시간과 공을 들여서 정성스레 펴
준다. 하루에 두번 쪼그라들면 두번 펴주고 쪼그라든채
로 오래두면 펴는데 더 어려울 수 있기 때문에 자주자
주 펴주도록 한다.
내가 쪼그라든게 겉으로 티가 안날 경우가 많기 때문에
다른 사람들은 잘 모를 수 있다. 내가 쪼그라든 건 내가
잘 알아채고 내가 신경써줘야 한다.
움츠러든것 보다는 당당하게 펴고 있는 모습이 조금 더
예쁘고 쪼그라들었을 때보다는 쭉 펴져있을 때 잘 할
수 있는것도 많아져 내가 나를 흐뭇하게 보기에도 용
이하다.

내가 나를 꽤나 맘에 들어하고 뿌듯해 할 수록 내 삶도
더 즐겁고 좋은 일도 많이 일어난다. 스스로를 만족스
럽게 생각하는 게 행복하게 살기에 좋은 방법중 하나.

자주 쪼그라드는 만큼
자주 펴주기

쪼그라든 스스로를
다시 펴는 일

나만의 원더랜드

내 삶의 단어 '나만의 원더랜드'. 내 삶 자체가 이 단어 전과 후로 나뉘었다 해도 과언이 아니다. 나만의 꿈을 생각하던 어느 날 문득 떠오른 단어.
내가 좋아하는 것들로 가득한 신나는 곳이라는 뜻의 원더랜드는 얘기하고자 하는 꿈에 관한 메시지에 제격이었다. 그리고 그 원더랜드는 모두가 각자의 모습으로 그려낼 자기만의 원더랜드여야 했다. 내가 바라는 삶의 모습은 그 누구와도 같지 않을 테니까. 다른 사람이 만들어놓은 삶의 모습 말고 나만의 원더랜드를 처음부터 짓는다 생각하면 엄청나게 설레기도, 아주 어렵기도 했다. 한 번도 내가 진짜로 원하는 게 무엇인지 좋아하는 건 무엇인지 알려고 하지 않았으니까. '나만의 원더랜드'야 말로 내가 앞으로 삶을 행복하게 살아갈 핵심이라 확신했다. 계속해서 바뀌기도 하고 발전하기도 하는 마치 하울의 움직이는 성과 같은 나만의 원더랜드! :)

여전히 사람들에게 '나만의 원더랜드'에 관한 이야기를 전하면 자신과는 관계가 없는 이야기라고 하거나 관심을 갖는 일 자체를 어려워하는 경우가 많다. 사실 조금만 들여다보면 누구에게나 이미 있는 건데 말이지. 어디서도 찾아보는 방법을 가르쳐주거나 찾아볼 기회를 주지 않아서 너무 마음속 깊이 들어 있어 아직 발견을 못했을 뿐인데 말이지.

내 눈을 반짝이게 하고,
신나게 얘기하게 하고,
두근두근 설레게 하는 그거!
나만의 원더랜드!

Let's Find our Wonderland!

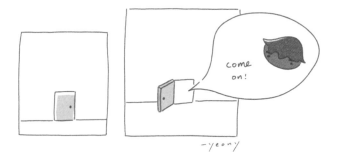

come
on!

-yeony

정-말로 하기 싫고 하기 두려운 무언가가 있을 땐,
잠시 옆으로 미뤄두고 마음이 들고 용기가 날 때까지
잠시 나에게 시간을 주기
막상 해보면 생각보다 별거 아닌 경우가 훨씬 많지!

머릿속에서 숙성하기

두 가지 전략이 있다. 정-말로 하기 싫은 일의 경우에는 막상 해보면 별거 아닌 경우가 많기 때문에 가장 쉬워 보이는 부분을 공략한다. 잠깐 미뤄두면서 뭐가 제일 할만할까 만만할까 생각해 보고 만만한 부분 포착되면 움직이기! 보통 이런 일들은 얼른 해치우면 끝나는 일들이 대부분이라 해치울 수 있는 에너지를 위한 잠시의 숨 고르기를 한다.

만약 잘하고 싶은 마음에 아직 확신이 들지 않아 두려울 경우에는 적극적인 미루기 스킬을 활용한다. 개인적으로는 머릿속으로 확실한 비전이 생기기 이전에 진행한 일들은 오랜 시간을 투자해도 잘못된 방향으로 흘러가거나 완성도가 떨어져 시간을 오래 들여도 오히려 안 하느니만 못한 결과를 내는 경우가 많았다. 나의 적극적인 미루기 스킬을 통해 미션을 머릿속에 담아둔 채로 나에게 시간을 주다 보면 선명한 그림이 그려지는 때가 온다. 일명 머릿속에서 숙성하기.

잘 익은 미션은 더 깊은 맛을 내기 마련. 선명한 그림과 문장이 떠오른 후에는 헤매는 시간을 줄이고 완성도 있게 해낼 수 있다(물론 이 모든 건 마감일 이전에 일어나야 할 일이다).

조금 더 프로의 모습을 갖추기 위해 이 과정을 체계적이고 빠르게 할 수 있도록 노력해야지.

Be yourself를 마음에 새기며 노력할수록
알 수 없는 거부감이 계속 들었던 건

진정한 내 모습

진짜 '내'가 누군지 잘 모르겠는 상황에서 내가 되려고 하니 오히려 길을 잃은 마음이 들었다. 진정한 내 모습으로 살아가기 위해선 내가 누군지부터 알아야겠지. 진정한 내 모습이라는 건 어쩌면 찰나의 모습을 말하는 것 같다. 그 순간에 진심의 나였다면 진정한 내 모습이겠지.

그 '내'가 조금의 시간이 지나도 또 같은 모습이라는 법은 없다. 그렇다고 바뀐 내가 진정한 내가 아닌 건 아니니까. 글 한 줄, 누군가와의 대화, 예기치 못하게 일어난 사건 등 무수한 요인들로 인해 내 생각과 행동은 얼마든지 바뀔 수 있고 바뀌기 전도 후도 진정한 내 모습이다. 과거의 나는 번복을 두려워했다. 무언가 말을 내뱉었거나 행동했다면 오랜 신중함 속에서 나와야 했고, 그건 또 오랜 시간 지켜져야 한다고 믿었기 때문에 번복하는 말과 행동들은 신뢰가 없는 것이라 여겼다. 그러나 어느 순간 번복하는 것이 두려워 기다리기만을 하다 보니 매 순간들의 진정한 내가 존재하지 못했음을 깨달았다. 삶이 계속해서 변화하는 만큼 번복도 자연스러운 일이며 나도 계속해서 변화하는 만큼 진정한 내 모습도 끊임없이 바뀌는 것이다.

특히 내 원더랜드의 모습만큼 자주 변하는 것도 없다. 그렇지만 매 순간 내 꿈들에 진심인 걸….

믿거나 말거나

예전에는 주기적으로 사주를 보러 다녔다. 신년이 되면 주변에서 요즘 용하다는 곳을 소개받아 친구들과 함께 보러 가고, 사주보는 분의 이야기에 따라 나의 삶을 예상했다.

내가 내 삶을 그리게 된 후부터는 사주에 관심이 사라졌고 더 이상 보지 않는다. 내 의지와 상관없이 계속해서 일어나는 일 속에서 내가 선택하는 무수한 결정들이 결국 내 삶을 만드는 것이고, 이 세상의 모든 일에는 여러 면이 존재한다는 사실을 이해하고 나니 내가 선택해야 할 부분이 보였다.

어떤 절대적인 하나의 정답이 존재하지 않는 세상에서 내가 선택하는 것이 곧 내 삶이 된다는 점. 세상의 필터대로 일들을 해석할 게 아니라 나만의 필터로 해석하고 나는 좋은 것을 보기로 결정했으니 좋은 것들을 계속해서 내 삶에 남겨본다.

조금 신기한 이야기를 덧붙이자면 우연한 기회로 어쩌다 사주를 보는 일이 생겨서 보게 되면 이제는 내가 만든 원더랜드의 모습과 내 사주의 모습이 닮아간다는 것이다.

제법 내가 원하는 삶의 모습과 같은 이야기를 들을 때마다 '음 잘 만들어 가고 있군' 하고 뿌듯해한다.

믿거나 말거나!

그래 모든 일에는 항상 일장일단이 있지
좋은 점을 보는 것은 내 선택이구.

좋아하는 걸 하는 일

나만의 결론은, 찾기 위한 노력과 하기 위한 노력이 각각 다르다는 점이다. 좋아하는 걸 찾기 위해선 무조건 다양한 경험이 필요하기 때문에 조금 더 부지런히 다양한 것들을 접해보며 나의 취향을 파악하려는 노력이 필요하다. 좋아하는 걸 아직 찾지 못했다고 말하는 내가 겪은 사람 중엔 경험의 정도가 아주 낮은 경우가 많았다. 이 세상에 내가 몰라서 못 좋아하는 게 있다고 생각하면 너무 아쉽지 않나!

좋아하는 걸 찾은 후엔 본격적으로 하기 위한 용기와 결단력이 필요하다. 꼭 업을 삼아서 하지 않더라도 좋아하기만 하는 것과 좋아하는 걸 직접 하는 건 또 다른 얘기니까. 아직 좋아하는 걸 찾지 못해 고민인 사람들과, 관심 있는 걸 찾았지만 막상 하고 있지는 않는 사람들과 얘기해 보면 결국 행동을 하지 않는 건 모르는 상태와 다를 게 없었다.

아주 작은 것이라도 좋아하는 걸 찾고 그걸 위해 움직이는 삶은 행복도가 꽤 높다. 좋아하는 걸 하면서 보내는 시간이 있는 사람들과 얘기하는 것도 굉장히 즐거운 일. 움직입시다.

오늘 하루도 한땀! 한땀!

오늘도 한 땀 한 땀

동생과의 대화 중 이런 말을 했다. "물이 안 들어와도 노가 없어도 일단은 가진 나무 숟가락으로 자갈밭을 저어 가는거야. 나무 숟가락이 부러지면 조금 더 괜찮은 쇠숟가락 만들어서 저어가고. 아무리 가진 배가 작고 약할지언정 조금씩 고쳐가면서 가라앉지 않게 점검해가면서 나아가는 거지 뭐"

내 인생 내가 구하겠다고 매일 매일 그저 최선을 다해 조금씩 저어가다 보면, 어느새 물이 들어오기도 하고 좋은 노를 갖게 되기도 하면서 그럴듯한 항해를 하게 되겠지. 지금 내 삶에 물이 있고 없고, 좋은 노가 있고 없고가 중요한 게 아니니까.
분명 이렇게 저어가더라도 가고자 하는 곳이 있으니 원하는 곳에 도착할 수 있겠지 생각했는데, 어느새 물도 조금씩 들어오고 점점 더 튼튼한 숟가락을 갖게 되어서 더 힘차게 나아가는 중이다. 눈에도 보이지 않을 정도로 작은 이동이었어도 그 작은 이동들이 모여 원하는 곳으로 나아가는 중이다.

아 오늘도 블베했다

블베하다

어느 날 문득 길을 가다 그런 생각이 들었다. 우리가 하루 동안 마주하는 단어들에 긍정적 단어가 얼마나 될까. 원하든 원치 않든 눈으로 귀로 하루 동안 마주하는 수천 가지의 단어들 중에 '좋은' 단어가 얼마나 될까. 부정적 의미의 단어들을 보거나 들으면 괜스레 미간이 찌푸려지는 것처럼 긍정적 단어들을 보면 기분도 왠지 좋아지는 느낌이다. 내 기준 내 마음이 좋아지게 만드는 특별히 좋은 단어들을 의식적으로라도 찾아내고 접하고 가까이하는 것으로도 내 삶을 더 기분 좋게 만들 수 있다고 생각했다.

더 나아가 사람마다 자기가 생각하는 '좋은' 단어도 다 다를 거란 생각도 했다. 언젠가 서로 가진, 오늘 마주한 좋은 단어들을 공유하는 것도 해봐야겠다.

'블베하다'는 '생각지도 못한 타이밍에 완벽한 성공'을 한 단어로 표현한 단어다. 일상에서 더 자주 이 말을 가까이하고 싶어서 만들었다. 내가 전하는 이야기들의 세계관을 만들어가면서 '원더랜드'와 같은 상징적인 단어를 사용하기도 하고 '블베하다'와 같은 새로운 단어들을 만들기도 하는데, 최근 개인전시회에 오셔서 '블베하다'라는 단어를 사용해 주시는데 얼마나 짜릿하던지! 같이 쓰고 같이 행복합시다!

오늘 다들 무지개 사진
찍었었던데,
난 일하느라 못 봤으니까
그림으로 그려야지 ☺

그림이 좋은 이유

그림을 처음 접한 21살이 되기 전까진 말이나 글로 내
마음과 생각을 겉으로 솔직하게 표현하는 게 아주 어려
웠다. 처음 자유롭게 그리게 된 그림으로 내 마음속 이
야기를 표현하게 된 후 처음으로 그림의 매력에 빠져버
렸다. 심지어 아무 글도 없는 나의 추상적 그림을 통해
그 속의 감정과 이야기들을 알아봐 주는 사람들을 만나
고는 완전히 그림에 매력에 매료되고 말았다.
그림만으로도 마음 가장 깊숙한 솔직한 이야기를 전할
수 있다니! 심지어 나도 정확히 언어로 표현할 수 없던
내 마음들을 내 그림을 통해 다른 사람의 언어로 표현되
는 것도 신기하면서 행복한 경험들이었다. 이제는 이전
보다는 언어적으로도 많은 이야기를 하게 되었지만, 여
전히 나의 100퍼센트를 표현할 수 있는 유일한 방법은
그림뿐이다. 진실한 마음마저 고스란히 전해지는 게 그
림이라 거짓된 감정이 담기지 않도록 많이 조심하는 편.

그림 덕분에 꿈을 짓는 일도 훨씬 수월하다. 갖고 싶
은 것들은 그림으로 먼저 가지면 되니까. 지금도 그림
이 너-무 좋다. 앞으로도 평생 그림이 행복한 것으로 남
아있을 수 있게 내가 더 잘해야지.

부자가 되기 위해서

돈으로 인한 어려움을 겪는 날이 많아질수록 계속해서 나도 모르게 돈에 대한 오해가 쌓인다. 나는 돈을 벌 능력이 없는 사람인가, 내 삶은 돈에 자유로울 수 없는 삶인가, 하고.

5년 가까이 돈에 관한 잠재의식을 바꾸려 아주 아주 노력해 온 결과, 이제는 내가 준비되면 언제든 나에게 돈이 온다는 확신까지 왔다. 내가 아직 경제적 어려움을 완전히 벗어나지 못한 것은 불과 얼마 전까지도 전혀 돈을 벌 준비가 되어있지 않았기 때문이라는 걸 깨달았다. 말로만, 생각으로만 큰돈 벌기를 원한다면서 실제 현실에서 행동은 전혀 그렇지 않은 태도로 살아왔다는 걸 최근까지도 알지 못했고 알고 나서도 그 태도를 바꾸는 게 쉽지 않았다. 내가 삶에서 가장 큰 긍정적 변화를 만들었던 방법은 '김칫국 마시기(원하는 일이 일어나기 전 원하는 모습으로 먼저 살아가는 일!)'였는데 유독 돈에 관해서는 깨닫는데도 실천하는 데도 정말 오래 걸린다. 이렇게나 어렵다. 돈에 대한 무의식과 잠재의식을 바꾸고, 행동까지 가는 일이. 그러니 수많은 사람들이 경제적 어려움에서 쉬이 벗어나지 못하는 거겠지. 성공한 사람들이 일러주는 이야기들을 잘 새겨듣고, 잘 적용하고 열심히 실천해야 할 부분, 곧 나의 실천 성공 이야기를 또 들고 올 예정이다.

돈을 많이 벌고 부자가 되기 위해서 가장 먼저 해야 할 일은 돈을 많이 주는 곳을 찾는 것도, 나의 스펙을 쌓는 것도 아니라 돈은 힘들고 어렵게만 버는 게 아닌, 좋아하는 일을 하면서 쉽고 즐겁게 벌수 있다는 믿음을 갖는 거라고 한다.

아 뭐 어때

기록하고 실천한 것들로 이루어진 삶, 겁도 많고 걱정도 많은 건 여전하지만 지금의 나를 있게 하는 건 전부 행동으로 옮긴 것들이 만들어줬으니, 이제는 핑계의 여지가 없다. 실천하지 않고 게으르게 굴거나 흐지부지된다면, '아 진짜로 원하는 건 아닌 건가 봐?'라는 질문부터 한다. 진짜로 원하는 것이라면, 행동으로 옮기는 것만이 답이라는 걸 아니까 움직이지 않는 스스로에게 되묻는다. '진짜로 원하는 게 아닌 거야?' '잘하고 싶은데 능력이 안 돼서 미루고 있는 거야?'

머릿속에만 둥둥 떠 있던 생각보다 글로 적어 붙잡아 둔 것들이 더 강력하고, 조용한 글자보다 소리를 내어 나오는 말의 힘이 더 강력하고, 소리만 있는, 말만 있는 것보다 내 우주 전체를 움직이는 행동이 가장 강력하지. 생각과 글, 말과 행동에 즐거움 두 스푼 첨가해서 삶을 엮어낸다.

나만의 원더랜드를 그리고 명확한 드림 보드를 만드는 일도 오늘의 행동을 위한 작업이니까 오늘의 내가 가치 있게 움직일 수 있도록 최선을 다해본다.

오늘의 가장 중요한 미션은 무슨 방법을 써서라도 행동하기. 이왕이면 즐거울 방법을 최대한 열심히 생각하는 편. 느리고 더디다면 꾸준히라도 할 수 있게.

매사에 걱정도 많고
겁도 많은 나는,
하고 싶은 거 혹은
좋은 생각이 나도
고민하고 걱정하다

정작 실천은 하지
못한 채
흐지부지 끝나버리는 일이 허다하다.

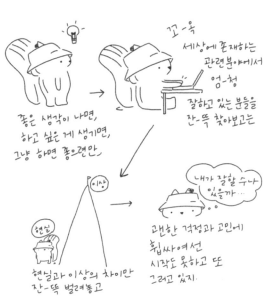

좋은 생각이 나면,
하고 싶은 게 생기면,
그냥 하면 좋으련만,

꾸-욱
세상에 존재하는
관련 분야에서
엉-청
잘하고 있는 분들을
잔-뜩 찾아보고는

이상

현실

현실과 이상의 차이만
잔-뜩 벌려놓고

내가 잘할 수나
있을까...

괜한 걱정과 고민에
휩싸여선
시작도 못하고 또
그러고 있지.

그래서 8월은 {아 무거 어때}의 달

하고 싶은게 있다!

뭉게

뭉게

휙

생각은
줄이고
그자리에
즐거움
심기!

{아 무거 어때}란 마음으로
그냥 즐겁게 많이많이 실천하기

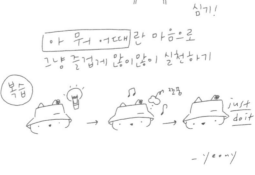

복습

just
do it

- yeony

147

난 그른게 좋드라구.
'what's your wonderland?'

좁은 시야를 갖고 있어서
넓게 전체 상황을 봐야 하는 일보단
한 가지에 집중하는 일

혼자서 모든 일을 하는것보단
사람들과 함께 얘기하고
발전시키고 진행하는 일

체력이 약하고 아침잠이 많아서
휴식시간이 충분하고
늦은 아침 시작할 수 있는 일

-yeony

예쁜 공간에서 하는 일

난 그런 게 좋아

매일 꿈을 짓는 일을 이야기하면서도 내가 써놓은 모든 꿈을 기억하지 못할 때가 있는데, 다시 이 그림을 돌아보며 지금 나의 현재를 묘사하고 있어 깜짝 놀랐다. 지금의 모습이 이렇게나 정확히 표현되어 있다니.
내가 가장 중요하게 우선순위로 생각했던 부분들이 모두 이루어져 있는 걸 보고 정확하게 내 원더랜드를 지어왔구나! 뿌듯하면서도, 앞으로도 제대로 지어야겠다는 다짐했다.
내 작업에만 집중할 수 있고, 작업실 동료들과 함께 일을 진행하고, 원하는 시간에 잠을 자거나 일어날 수 있고 내 삶의 리듬에 맞춰 일을 하고, 작업실도 집도 예쁜 공간에서 보내는 지금. 이보다 더 정확할 수 있을까!

이제 업데이트된 나만의 원더랜드는, 수많은 사람들의 사랑을 받는 작품들을 만드는 좋은 작가로서 물질적으로도 비물질적으로도 큰 영향력을 갖고 좋은 일을 많이 하는 일. 내가 하고 싶은 것들을 마음껏 할 수 있는 경제적인 자유로움. 단정한 모양을 가진 하루. 사랑하는 존재들과 매일매일 즐거운 시간을 갖는 여유. 차곡차곡 쌓아나가는 성장과 기록.
'So, what's YOUR wonderland?'

현실이 어떻든

이제 와 확신하는 것 중 하나는 꿈과 현실은 별개라는 것이다. 현실과 상관없이 그 어떤 꿈도 꿀 수 있다. 내 꿈이 현실의 나에서 출발해선 안 되는 것이다.

내가 현실에 발을 묻은 채로 꿈꾸기 시작했다면, 지금의 나를 상상하진 못했을 거다. 그리고 지금 내가 그리고 있는 꿈들도 존재하지 않았을 거다.

내가 꿈을 꾸는 순간만큼은 내 꿈에 날개를 달아줘 어디든 마음껏 날아가 볼 수 있게 했던 그 용기 덕에 지금까지 올 수 있었다고 굳게 믿는다.

드림 보드를 만드는 원데이클래스를 진행하거나 꿈에 관해 이야기 나눌 때 가장 안타까운 부분이 많은 사람들이 꿈을 자신의 현재에서 시작한다는 점이다. 꿈의 종류와 크기가 지금의 현실을 기반에 두고 그리기 때문에 그 크기가 작고 다양하지 못하다. 진짜로 원하는 것이라면 물론 관련이 없겠지만 대부분의 경우 조금의 이야기만 나누어보면 꿈꾸는 것부터 현실에서 벗어나지 못한다. 자유롭지 못한 꿈이 과연 행복한 꿈일 수 있을까? 원하는 삶대로 성공해서 산다고 하는 사람보다 현실에 맞춰 어쩔 수 없이 산다는 사람들을 더 많이 만나기 때문에 삶은 으레 그런 것이라며 내 생각 깊숙이 넣어놨기 때문일 텐데, 블루베리씨의 말처럼 내가 진짜 행복한 꿈을 꿀 수 있는 기회를 먼저 줘보는 게 어떨까. 그 행복한 꿈들이 나를 진짜 행복한 곳으로 데려다주니까.

현실이 어떻든···.

소중한 시간

어느 순간 시간이 얼마 남지 않았다는 걸 문득 깨달은 순간이 있다. 내 시간뿐만 아니라 주변 사람들, 강아지, 세상의 것들 모두. 느리고 시간이 오래 걸리는 사람이라 시간을 많이 쓰던 사람인데 나에게 시간이 많이 남아있지 않다는 걸 깨닫는 순간, 두려움과 동시에 머릿속이 엄청나게 깔끔해졌다.

내가 집중해야 할것들이 무엇인지 바로 명확해졌달까. 신경 쓰지 않아도 되는 괜한 것들을 신경 쓰느라 내 소중한 삶의 꽤 많은 부분을 할애하고 있다고 생각하니 갑자기 내 시간이 너무 아까워졌다.

'중요한 것들에만 내 시간을 쓰기에도 시간이 부족하구나!' 시간의 유한함을 소름 끼치게 느끼고 나니 현실에서 행복을 더 듬뿍 느끼겠다는 생각과 더불어 우선순위에 대한 정리를 시작했다. 그러고 보니 우선순위에 있는 것들로만 하루를 채워도 하루가 정말 정말 부족했다. 이렇게 채워도 하루의 시간이 이렇게 짧은데 그동안 대체 무엇들에 내 이 소중한 시간을 낭비한 건지. 이제라도 깨달아서 정말 다행이다. 무언가를 고민하게 되는 순간 내 시간을 기준으로 놓고 결정하는 습관은 많은 선택을 명쾌하고 빠르게 결정하게 해준다.

이 세상에 존재하는 모든 것들을 내 세상에 담을 시간은 없다.

모든 게 좋을 때 좋은 건 참 쉽다.
내 맘 같지 않은 상황에서 좋기란 참 어렵다.

그렇지 않을 때

내 스스로를 돌아보면서 많이 반성하고 노력하는 부분 중에 하나다. 모든 일이 내가 생각했던 대로 잘 풀리고 즐거운 일이 가득한 순간들에는 긍정적이기 참 쉽다. 좋을 때 좋은 거니까. 나약했던 마음들도 잘 드러나지 않는다. 그렇지 않을 때 좋은 마음을 갖는 일이란, 무척이나 어렵다. 스스로에게도 타인에게도 환경에도 거칠게 날이 서버리는 상황에서 좋은 마음을 유지하는 것이 너무 어려웠다.

집이 경제적으로 무너지고 나니 가족 간에 날이 서는 일도 빈번했고, 스스로를 대할 때도 부정적인 부분만 생각하기 일쑤였다. 내가 무능해서, 내가 못나서 이렇게 능력이 없어서 힘든 거라며.

상황이 좋지 않을 때 좋은 것이 쉽지 않은 것이니 그걸 한번 해보자며, 그 대단한 걸 해보자며 부정적인 마음이 밀려들 때마다 감사하기로 눌렀다. 많은 책과 영상에서 말하기를 좋은 마음을 유지하는 것이 삶의 긍정적 변화를 이끈다고 했으니까.

나에게 필요한 건 오직 '삶의 긍정적 변화' 이것뿐이니, 당장의 결과에 대해서 크게 집착하지 않으려는 노력과 의식적으로 자기 생각을 좋게 유지하려는 연습을 계속해서 한다.

돌이켜보면  나의 '부러움'엔
역사가 깊다.

참 한결같게도 한시도 쉬지 않고
                아주 어렸을 때부터
부러움의 대상이 존재했더랬지.

예뻐서
좋겠다

키가 커서
좋겠다

공부를 잘해서
좋겠다

(물론 그때그때 부러운 대상이 많이
  다르긴 했다)

나이를 먹는다고 줄어들기는 커녕
 부러움의 장르만 엄청 다양해졌다.

이것도   그것도...
저것도

오히려 더해진 거라면...나와의 비교랄까 ○○
부러움의 대상과 한-껏 비교해가며

스스로 작아지는 건
날이 갈수록 실력이 늘었다.

아 부러워

지금도 부러운 건 참 많은 편인데, 내가 갖고 있지 않은 것을 가진 사람을 보면 늘 부럽다. 외모에서부터 취향에 관한 것까지 그 범위도 넓고 다양하다.

예전에는 부러운 사람들을 보면 끊임없이 나의 부족한 점과 비교를 하면서 자신의 자존감을 깎아 먹기에 정신이 없었는데, 이제는 이 부러움이 내 삶에 꽤 좋은 힌트가 되어준다.

내가 부러워하는 것들을 모든 사람들이 부러워하는 건 아니라는 걸 알게 된 때부터 부러움이란 오롯이 나의 기준에서 비롯된 것이며 나에게 원하는 것과 아닌 것을 알게 해주는 것이 되었다. 그 부러움의 종류도 시기별로 매번 바뀌기 때문에 아무 생각이 없던 부분에 있어서 갑작스레 부러움이나 질투의 마음이 생겨난다면, 내가 지금 이걸 꽤 원하는구나 하고 알 수 있기 때문이다.

또 하나 부러움을 느낀 순간부터는 잠시 그 대상을 멀리한다. 그 시기에는 이미 부러움과 질투가 점령했기 때문에, 내가 그 부분에 있어서 자신감이 생기거나 관심이 식거나 건강한 마음으로 돌아오기 전까지는 멀리하는 편이다. 그리고 무엇이 부러운 부분인지 곰곰이 뜯어보기로 한다.

맹목적인 부러움에 쓸데없이 휘둘리는 일을 없애기 위

이 정도면

취미	부러워하기
특기	비교하기

에 써도 될 지경!

특히나 겉으론 안 부러운 척 스스로를

속이다 보면   괜히 내가 더 못나지는

기분이 든다...

아닌데..?
부러운 거 아닌데...?

그래서...!

9월은 Σ 아-부러워! ろ 의 달

아-부럽다!

오늘 누군가의 무엇이 부러웠는지,

마음껏 부러워하고 부럽다고 실컷

외쳐보는 달이다
곰곰이 생각해 보면

부러움을 느낀다는건
내가 원하는 걸
알려주는 것이기도
하니까!

158

한 나름의 방법이다. 조금 시간이 지나서 보면 정말 부러웠던 거라면 나도 갖기 위해서 노력을 해왔을 테고, 일시적인 부러움이었다면 어느새 부러움도 사그라들어 있다. 부러움을 잘 관리하게 된 이후 내 삶의 만족도도 아주 아주 좋아졌다. 내 삶의 만족도가 높아질수록 부러움의 대상도 빈도도 많이 낮아졌다.

부러움의 대상이 있으면, 안 부러운 척
애써서 외면하지 말고 대놓고 부러워하기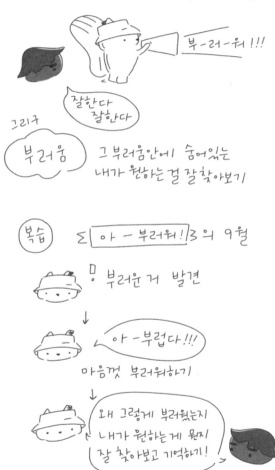

부-러-워 !!!

잘한다
잘한다

그리구

부러움

그 부러움안에 숨어있는
내가 원하는걸 잘 찾아보기

복습 Σ [아 - 부러워!] 의 9철

♪ 부러운 거 발견

↓

아 -부럽다 !!!

마음껏 부러워하기

↓

왜 그렇게 부러웠는지
내가 원하는게 뭔지
잘 찾아보고 기억하기!

160

여니의 편지

가장 가까운 친구가 많이 힘들어했던 시절 집에 와 쓴
편지. 힘든 시간을 버텨내는 것이 어떤 건지 너무나 잘
알고 있던 터라 꼭 해주고 싶었던 말들을 적었다. 워낙
밖으로 힘든 티를 내지 못하기도, 안 하기도 하는 편이
라 친구가 어려움을 토로했을 때 나의 것을 공유하며 위
로해 주진 못했지만, 우리 모두 이 어려움을 잘 버텨내
보자는 말을 하고 싶어서 편지로 대신했다. 꼭 그 친구
에게뿐 아니라 지금 각자의 이유로 힘듦을 겪고 있을 사
람들에게도 작은 위로가 되기를 바라며.

이제는 이 마음이 내가 지금까지도 그리고 앞으로도 작
업을 계속하게 하는 이유가 되었다. 내가 겪은 어려움
들을 극복해 나가는 과정이 누군가에게 위로와 희망이
되고 있다는 사실은 내가 이 일을 더욱더 사랑하게 해
준다. 부정적인 마음에 휩싸여 괴로워했던 삶에서 어려
움을 극복하면서도 그 안 곳곳에 숨어있는 행복과 즐거
움들을 알차게 누리는 방법들을 계속해서 발견하고 이
야기로 전달하는 것이다.

내 삶이 이만큼이나 행복해진 만큼 사람들도 함께 행복
했으면 좋겠으니까. 정답도 아니고 조언도 아닌, 나와
같은 성향의 사람들이라면 효과가 아주 좋을 그런 방법
들의 다정한 권유랄까. '제가 해보니까 제일 효과가 좋
더라구요!'

힘든 하루를 보내고 있는 내 소중한 친구를 위해서, 나를 위해서,
그리고 또 버티는 하루를 보내고 있을 누군가를 위한 여니의 편지

다른 누군가의 고통을 나의 위로로
삼는 건 참 얄량한 마음이지만
나만 이런 게 아니라는 사실이 가장
큰 위로가 되었던 만큼 누구나 다
버티고 있단 말을 하고 싶어요.
아무런 고민도 걱정도 없이
행복하게 살 것만 같은 누군가도
그만의 버팀을 하고 있다는 걸요.
다만 행복한 목표가 있다면
그저 어쩔 수 없이
버티는 게 아닌

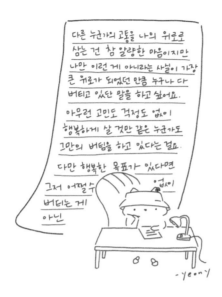

- yeony

기꺼이 이 하루를 잘 버티어
내었다, 그런 내가 참으로
뿌듯하다 하는 마음으로 지낼 수
있는 것 같아요.
오늘 하루 내가 버텨낸 이 하루가
정말로 내가 원하는 그 하루를
만들어 낼 거구요.
오늘도 내가 선택한 하루임을
잊지말고, 앞으로의 하루도
내 선택에 의해
결정된다는

- yeony

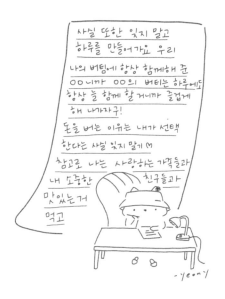

사실 또한 잊지 말고
하루를 만들어가요 우리

나의 버팀에 항상 함께해 준
ㅇㅇ니까 ㅇㅇ의 버팀은 하루에도
항상 늘 함께 할 거니까 즐겁게
해 나가자구!

돈을 버는 이유는 내가 선택
한다는 사실 잊지 말기 ♡

참고로 나는 사랑하는 가족들과
내 소중한   친구들과
맛있는거
먹고

-yeony

행복한 시간 많이 보내려고
오늘도 돈을 벌고 오늘도 버텨 ♡
화이팅이야
함께 행복하자.

-yeony

163

눈앞에 일어나는 일에 바로 일희일비하지 않게 여유가 생긴 즈음에
그린 그림이다.

빨간불

모든 일은 내가 생각해 놓았던 대로 일어나지 않기 때문에 어떤 방법으로 내가 원하는 바가 이루어질지 전혀 모른다는 사실. 그렇기 때문에 지금 당장 내 눈앞에 일어난 일이 내 생각과는 다르다고 크게 실망할 필요가 없다는 거다.

조급한 마음으로 빨리 가야 할 것 같은데, 눈앞에 빨간불이 나타날 때마다 왜 이러냐며 좌절하고 허튼 시간을 보내기보다 그 시간에 해야 할 것들을 했다. 잠시 멈춰있는 시간에 경로를 다시 확인하기도 하고 내가 미처 돌아보지 못한 게 있는지 돌아보고 생각을 더 단단히 하기도 하고.

늘 추구해 온 목표가 그저 빠르게만 성공하는 것이 아니라 튼튼하고 안전하게 성공하는 게 목표인 만큼 내가 가고 있는 방향과 속도가 맞는지 계속해서 확인해 줄 필요가 있었다. 여러 우여곡절을 겪으며 생긴 습성 중의 하나는 시멘트 다리도 두들겨보고 건너는 편. 결핍이 강할수록 시야가 좁아져 넓고 멀리 보지 못하고 조급함에 잘못된 선택을 할 가능성이 높아지니까 계속해서 점검해 볼 수 있는 기회가 주어지는 것에 대해 생각했던 이야기다. 이제는 빨간불마저 힌트가 된다(삶에 힌트가 참 많아졌네?).

작은 알맹이들

작은 알맹이들의 삶. 우리의 삶은 이 수많은 작은 알맹이들로 이루어져 있어서 누가 누가 더 이 작은 알맹이들을 잘 모았냐의 이야기인듯하다. 대단해 보이는 사람들의 삶을 들여다보면 일반사람들과는 비교도 할 수 없이 아주 작은 알맹이들이 있다는 사실은 매번 알면서도 그 양을 알 때마다 충격적이다.

이전에는 삶이 작은 알맹이들로 이루어진다는 사실조차 인정하고 싶지 않아서 갖가지 게으름과 핑계들을 대며 실천하지 않았는데, 이제는 나의 작은 알맹이들 생성 능력에 좌절감을 느끼는 경우가 더 많다. 나름 하루 종일 애쓴다고 썼는데 아웃풋이 고작 이거라니….

물론 이마저도 노력과 연습, 반복이 방법인 걸 알면서도 또다시 핑계를 대고 있는 것이기도 하다. 원하는 만큼의 성과를 내고 원하는 모습의 사람이 되기 위해서 필요한 수많은 작은 알맹이들. 지금까지의 작은 알맹이들로 작은 유리병 하나를 채웠다면 이제는 훨씬 더 크고 예쁜 병을 채울 차례. 올해의 목표라면 지금보다 딱 3배의 작은 알맹이 생성 능력을 갖추기! 혼자 일하는 작가의 삶은 누군가가 시키는 일이 아니라 스스로 모든 일을 만들어내고 혼자서 지켜야 하다 보니 스스로를 설득하는데 시간이 너무 많이 드는데 이제는 망설임 대신 더 많이 움직이는 한 해가 되기를!

= 작심삼일이고
작심삼일 =  라고 할 수 있을
정도로 일명 작심삼일의 대명사인 나는

꼬꼼 시도해 보고는
금세 지쳐
포기해버리곤

부들부들
한 번에 무언가
대단한 걸 하려다
보니

작은 노력들을 보잘것없는 듯 치부해버리고 만다
쉽게
이게 무슨 소용이
있겠나 하면서.

공곰이 돌이켜보면
지금의 나를 있게 한건 그 언젠가 노력했던
작은 날들 덕분인데.

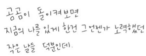
DAY1 DAY2 DAY3

그 래 서!
지금 당장 눈에 보이지 않는다는 핑계로
노력의 결과물이

쉽게 내 노력들을 무의미하게
만들지 않게 하기 위해

10월은 { 작은 } 의 달
{ 알맹이들 }

흔들리지 않는
큰 산을 이룰

매번 다짐하고 강조해도
넘치지 않을 작은 꾸준함의 힘

작은 알맹이들로
설레는 2022년
준비해야지

아주 작은 알맹이더라도
하루 하나씩 모으는 달 ☺

복습   준비

줍

화이팅 ♥

모으기
땡그랑

-yeony

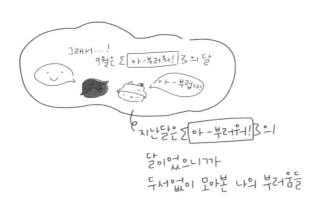

그래서...!
9월은 ∑[아-부러워!]의 달

아-부럽다!

지난달은 ∑[아-부러워!]의

달이었으니까
두서없이 모아본 나의 부러움들

동물친구들과 함께하는 삶

한 공간을 내 그림으로 꽉 채운 전시

YEONY

나의 부러움들

비워내기에 집중하고 있는 요즘 나의 부러움은 취향 가득한 공간에서 예쁘게 사는 거다. 공간과 취향에 있어서 원하는 대로 취할 수 있는 여건을 만들고, 명확한 취향대로 정갈한 삶을 사는 것! 요즘 내 소망이다. 복잡하고 화려한 일상을 원했던 예전과 달리 하루 일상도 단순했으면 좋겠고, 작업도 취향도 단정하며 깊이가 있으면 좋겠다.

진짜 취향을 몰라서 이것저것 채워넣기만 하고 원하는 것들을 가질 여유가 되지 않으니 그저 저렴한 것으로 갖췄던 것을 이제는 조금씩 비워가면서, 진짜 취향들도 제대로 알아보고 좋은 것을 갖출 수 있는 능력이 되도록 노력해야지.

여전히 큰 창에 뷰가 예쁜 집은 내 부러움의 우선순위 중 하나! 이제는 베리가 함께 하는 삶이 되었으니, 베리와 함께 건강하고 예쁘게 지낼 수 있는 공간에 대한 욕심이 점점 커지는 중이다. 물보다는 풀을 좋아하니까 널따란 숲이나 산이 앞에 펼쳐진 집이면 좋겠다. 널따란 공간에 나무색의 가구들로 채워진 아늑한 공간. 사용하는 식기도, 타월도, 취향에 맞춰 신중히 고른 것들로 채워진 야무진 공간이었으면. 최근에는 작업에서도 비움을 실천하는 중이다.

작화 빠른 분들 ✍

내가 일어나고 싶을 때 일어나기

뷰가 예쁜 자취집 🏠

해보고 싶었던 것들이 많아 오랜 시간 다 시도해 보는 시간들이 있었는데, 이제야 내 것이 아닌 것들을 걸러내고 나니 이제는 내가 무엇에 집중해야 할지 알게 되었다. 작업실에 가득 채워져 있던 재료들도 도구들도 정리하면서 짐의 무게를 가볍게 하는 중이다.

어느덧 물류센터 근무도 10개월째.
아주 추울 때 시작한 일이 무더운 여름을 지나
다시 추운 계절이 오고 있어요.

사실 마음 같아선
매일같이 매 순간 열정 넘치고
긍정적으로 하루를 보내고 싶지만
일 끝나고 돌아와 샤워를 하고
잠시 배를 채우고 나면,
좀이체력은 그 어떤 것도 할 기력이 없어요.
똑같은 강식당만 멍하니 누워 계에속 보는 중.

운이 좋게 잠들지 않고 조금의 체력이 회복되면
'여니'로서의 작업시작.
그렇게 또 하루가 갑니다.

덜컹덜컹

버스 안

그렇게 또 반복되는 하루를,
내가 쑥한 환경에 압도된 하루를 보내다 보면

하고 싶은 것들을 위해 내가 선택한 일이지만
그 시간이 길어질수록 또 스멀스멀 찾아오는
그것.

반복되는 하루

반복되는 하루 속에 있다 보면 내 하루의 의미를 자주 잊게 된다. 내가 보낸 하루가 어떤 의미인지를 매 순간 상기하는 건 정말 어렵지만 꼭 필요한 일. 예전에 비하면 정말로 감사한 하루임에도 불구하고 여전히 어렵고 힘든 일들은 있기 마련이다.

원하는 바가 이루어졌음을 느끼는 순간은 찰나이고 대부분은 노력의 시간처럼 여겨지니까 내가 누리는 하루의 감사함을 수시로 잊게 된다.

인간이란 지금 내가 겪는 힘듦이 제일 힘든 거니까 순간순간 감사함을 잊고 나약한 마음이 들 때가 있는데 그때마다 내가 오늘 하루를 왜 이렇게 보내기로 선택했는지 스스로한테 잘 물어보면 된다. '누가 그러라고 시켰니?' '네가 지금 보내는 하루가 얼마나 감사한 하루인지 잊은 거니?' 나한테 주어지는 환경은 내가 어찌할 수 없었지만, 그 속에서 이렇게 살기로 내가 모든 것들을 선택해 왔으니 내 선택에 책임을 지면 된다.

물류센터에서 일을 하기로 결정한 것 또한 내 선택이고 그 결정 또한 내가 원하는 삶을 살기 위한 방법이었으니

긍정 부정 부정 게이지가
급격히 높아지는 것.

나는 내가 원하는 삶을
살아볼수 있을까

나한테 그런 능력이 있긴 한 걸까

그냥 이대로 계속되면 어떡하지...

스스로에 대한 의심이 몽게몽게 피어날 때면
그간의 경험과 배움으로
다시 내 마음에 확신을 줍니다.

잘하고 있으니까.
의심할 필요 없어!

퇴근 길

정말 중요한 게 뭔지 다시 생각하고
잊지 말자구.
원하는 걸 '어떻게' 할지만 다시 생각해 봅니다.

그 자체로도 충분히 의미 있고 가치 있는 시간이었다. 그 기간 내가 삶에 대해 깨달은 것들은 그 무엇과도 바꿀 수 없는 중요한 것들이 되었고 지금 많은 것들을 단단히 받쳐주고 있다.

과거에 내가 알려주는 것처럼 오늘도 '어떻게' 내가 원하는 대로 살아갈지만 또 생각하고 실천하면 된다. 그리고 내일도 또 하면 되고….

그래, 고민하구 걱정할 시간에
조금이나마 더 실천하기에도
하루가 짧으니까

시간이 지나 돌아보면
지금 이 순간이 또 큰 경험이 되어서
내 삶에 큰 도움이 되고

사람들과 함께 보낸 이 시간들이
또 추억이 되어
언제든 꺼내 볼수 있는 좋은 이야기가 되겠지

그 때 더 즐겁고 더 열심히 생활할 걸
후회하지 말고
다시는 돌아오지 않을 이 순간을 더 열심히
즐겁게 지내자

내 하루와 내 삶에 진심을 다하기 :)

하루가 짧으니까

여전히 때때로 무기력증이 몰아칠 때면 아무것도 못 하고 멍하니 유튜브만 보며 시간을 보내는 날도 있지만, 이제는 더욱더 현재를 사는 일에 능숙해졌다. 무력감에 빠져 누워만 있을 때도 내 무력감의 원인이 무엇인지 알아차릴 줄도 알아졌다(알아차린다고 바로 해결할 수 있는 건 아니지만 조금의 시간이 지나고 나면 스스로 회복할 수 있는 능력이 많이 길러졌다). 잠시만 내버려뒀다가 금세 다시 즐거운 마음으로 일으킬 줄 안다. 나에게 주어진 시간은 정말이나 짧고, 특히나 내가 원하는 일을 지켜내기 위해선 더더욱 시간이 없다는 걸 알기 때문에 더 열심히 실천해야 한다. 주어진 환경 속에서 나한테 줄 수 있는 건 가장 좋은 것들을 주려고 노력하다 보니 나를 행복하게 하는 사람들, 나를 행복하게 하는 일들로 하루가 이루어져 있다.

어쩌다 이따금 무력감에 빠져 아무것도 안하고 걱정만 하면서 누워만 있다 보면 오히려 하루는 짧고 몸도 마음도 지치지만, 하고자 하는 일에 하루를 정신없이 알차게 때때로는 땀도 흘리면서 보내고 나면 오히려 하루를 아주 길고 힘차게 살 수 있다. 짧고 무기력한 하루 대신 길고 즐거운 하루를 위해서 체력도 열심히 쌓아야지.

요즘 일을 하다가 든 생각인데,
그냥 문득 나의 '한계'에 대한
생각이 들었어

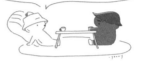

우리 물류센터에는 개인별 하루
업무량이 점수로 나오는데,
불과 얼마 전까지만 해도
나는 절대로 불가능하다고 생각했던 점수,
내 한계라고 생각했던 점수를

내가 포기하지만 않고 여러 방법으로
노력하다 보면 어느새 그 한계치라
여겼던 점수를 넘을 수 있더라구.

정말 재미있는 사실은 한번 그
한계를 넘고 나면 그 다음부터는
그 점수까지는 꽤나 수월하게
하고 있게 되더란 말이지.

한계

매일 새롭게 태어나는 나의 한계들. 그리고 몇 개는 극복하고 몇 개는 못 넘은 채로 다시 또 다음날이 시작된다. 이 글을 쓰는 지금도 계속해서 한계를 극복 해가는 중. 지금 눈앞에 있는 한계를 볼 때는 도대체 이건 내가 할 수 있는 거긴 한 건가 싶은데, 문득 뒤를 돌아보면 그렇게 생각했던 수많은 한계를 계속해서 넘어왔다. 또 원하는 바를 위해선 반드시 극복해야 할 한계들이니까 오늘도 또 극복해서 뿌듯해 있을 스스로를 상상하면서 도전해 본다. 평생 성장하는 즐거움을 느끼면서 살고 싶은데 한계와 성장은 늘 함께하는 세트겠지. 오히려 한계가 있는 상황이 더 창의적인 생각을 할 수 있게 한다고 한다. 한계가 있다는 사실이 좌절의 원인이 된다고만 생각했었는데, 오히려 한계 덕분에 좋은 아이디어들을 생각해 내고 극복해 나가며 성취감을 만끽하는 삶이라면 '한계'라는 단어는 더 이상 부정적인 의미가 아니게 된다. 나에게 아이디어를 발휘할 토대가 되어주고 집중해야 할 목표가 되어주니까.

아무런 한계도 느끼지 않기 위해 아무런 행동을 하지 않는 어리석은 일은 하지 않도록.

곰곰이 생각해보면 비단
이 포장일에서 뿐만 아니라
대부분의 일에서도, 생활에서도
그래왔던 것 같아.

나는 결대 못할 것 같다,
내 스스로 한계를 지었던 일들도
버텨내고 극복하는 시기를 지나면
(물론 이때는 참·힘들고 포기하고 싶지만 ; ')
그 한계를 지나 쑤욱 성장해 있었으니까

나에게는 운전이 그랬고,
스타벅스 업무가 그랬지.
다음 날 운전을 해야 한다는 사실 만으로도
스트레스 받던 내가
드라이브가 취미가 되었고,
음료 한잔 만드는 것도 벌벌 거리던 내가
러쉬때도 거뜬히 음료를 만들었었지.

평범이 뭘까요.
내가 생각한 평범의 정의가 잘못된 것인지
평범이라는 것이 이토록 어려운 것이었는지.

단단한 탑

늦은 나이에 미국 사립 미술대학을 다니던 나는 부모님의 갑작스러운 사업 실패로 몇 년 전 어느 날 갑자기 한국으로 오게 되었고, 매달 갚아야 하는 빚에 조금이나마 도움이 되고자 할 수 있는 모든 일들을 하며, 가족 모두가 각자의 방법으로 열심히 노력하고, 주변 분들의 많은 도움으로 가장 힘들었던 시기를 잘 극복할 수 있었다. 경제적인 이유로 매 순간 마음 힘들었던 날들도 무수히 지나 이제는 아주 조금은 나의 것을 기대할 수 있을 때쯤 잠시 또 예기치 못했던 어려움이 찾아오니 괜한 화와 허탈감이 밀려와 한동안 아무것도 할 수가 없었다.

하지만 늘 그렇듯, 항상 나를 다시 힘 나게 해주는 소중한 존재들이 있고 삶의 우선순위에 대해서 다시 한번 마음에 새기면서 돈으로 인해서 소중한 사람에게 상처를 주는 일은 하지 않기로 다짐하고 다시 한번 지금의 감사함을 되뇌었다.
내가 그간 누렸던 삶의 감사함도 깨닫고 더욱 돈이 가진 힘의 멋짐에 대해서도 배우면서 가족 모두가 나름의 역할로 함께 노력해 가는 지금, 해야 할 일에 다시 한번 집중해 본다.

힘든 시간 충분히 지났다고
이만하면 되었다며 삶을 너무
만만히 본 걸까요

그래놓고 혼자 실망하고
혼자 탓하는 건지도 모르겠습니다

조금은 화가 많은 편이지만 그래도 무한긍정 박 긍정 씨는 그동안도 그랬듯 다시 또 즐겁게 열심히 할 것이다. 어질러진 마음처럼 집도 엉망이었는데 오늘은 냉장고까지 아주 깨끗하게 정리해 주었다. 돈 많-이 벌고 행복합시다!

처음 무너졌던 탑은 그 이후로도 수십번도 더 무너졌다. 매번 이번이 마지막일 거라며 기대했다가 무너지기도 수십번. 매번 더 와장창 무너져버려 가루처럼 바스러지는 경우가 허다했지만. 이제는 그 무너짐에도 조금 짧게 괴로워하고 다시 금세 살길을 찾는다. 살아가야 하니까. 아주 미세하게나마 나아지고 있는 과정이라 굳건히 믿으면서 매 위기를 견디는 중이다. 전보다 더 세게 무너져도 이제는 꽤 의연한 편이다. 상황은 내 마음대로 흘러가지 않아서 좌절하고 괴로워하기는 해도 그 시간 동안 깨닫는 생각들과 단단해지는 가치관들에 감사하기도 한 요즘. 그렇지만 좌절하고 괴로워하느라 흘려보내는 시간은 많이 준 대신 불안함으로 인한 수전증이 무척이나 심해졌다.

원래도 조금의 수전증이 있는 편이었는데 큰 위기들을 겪으며 늘 마음속에 상주하는 불안감 덕에 원래 아주 장점이었던 꼼꼼한 그림들은 그리기 힘들 정도로 심해졌다. 겉으로 표현하지 않는 마음속을 대신 표현해 주나 보다. 지금은 비록 불안감과 수전증과 함께하는 날들을

오히려 더 힘들었던 순간에도
더 긍정적으로 열심히 살았었는데

왜 잠시 찾아온 힘든 과거의 반복에
더 와르르 무너지고 마는걸까

그냥 또 잠시 아무런 생각을 하지않고
지쳐버린 스스로를 놔두어 봤습니다

그리고 또 여느 때와 다름없이
주섬주섬 제 모습으로 잘 돌아왔습니다.
오히려 더 단단히 탑을 쌓을 준비를 하구요

보내고 있지만 무사히 지나온 시간에 정말 감사하며 앞으로의 시간에도 확신을 가져본다. 사람이니까, 아직은 과정 속에 있으니까 불안할 수 있지! 괜찮아!

머지않아 멋지게 이 위기들을 완전히 극복하는 날, 내 마음속 불안감도 수전증도 잘 떠나보낼 수 있다고 확신하니까 그때까지 건강하게 열심히 하면 된다. 그리고 그때 다시 꼼꼼한 그림 그리면 된다.

시도하기 전부터 생각이 너무 많고
너-어무 공들이고 혼자서 실망하고

나를 혹시나 미워할까 걱정하고
내가 한 말이 오해를 부를까 신경쓰이고

내가 한 것들이 완벽하지 않을까 봐
(~~어차피 완벽할 수 없는 것인데~~)
실수 할까봐 조마조마한.

느슨함의 달

시간이 지나는 동안 '가짜 자신감'의 존재도 깨닫고, 나와 내 삶에 더 집중하는 일들을 하면서 비교적 아주 많이 느슨해졌다. 행동하지 않으며 고집하는 완벽주의에 대한 집착도 내려두고, 자신의 능력에 대해 직시를 하려고 노력하다 보니 오히려 많은 부분이 느슨해졌다. 내가 할 수 있는 일과 할 수 없는 일에 대한 구별도 명확해져 할 수 없는 일에 대해 붙잡고 있는 일도 없어졌고 할 수 있는 부분을 찾아내 집중하는 방법도 얻었다. 오히려 아무것도 없던 때 있지도 않은 것들은 쥐고 있느라고 애썼던 날들에서 이제는 자유롭게 할 수 있는 일, 해야할 일을 하는 중이다. 돌이켜보면 결국은 나를 묶어두었던 그 이유도 내가 아닌 바깥을 향해 시선이 가 있느라 다른 사람들 신경 쓰느라 스스로를 꽉 묶어둔 것이 아닐까. 다른 사람들에게 평가받지 않을까, 나를 미워하지 않을까 하는 괜한 걱정으로 스스로를 옭아매면서. 모든 것은 내 마음에서부터 출발이라 내가 자신감 있는 단단한 마음을 가졌다면 더더욱 느슨하고 유연하게 실천하고 세상도 바라볼 수 있다. 묶어뒀던 건 시원하게 풀어버리고 꼼꼼하고 성실하게 자신감 키워서 즐겁고 여유롭게 살아야지.

행동 하나하나
생각 하나하나
말 한마디에 스스로를 꽈악 부여잡고

아무것도 못하게
그러는지 모르겠습니다.

그래서 이번 달은!

§ 느은-항의 달! §

내가 어찌할 수 없는 것들에 대한
걱정일랑 넣어두고

느-슨하게
내가 할 수 있는 일에 더 집중하는 달!

내가 할 수 있는 일,
나를 지키는 일에
더 부지런해지자

모래알 같은 희망

세상에서 가장 중요한 모래알, 아무것도 달라진 게 없는 환경이라도 이 작은 희망 알맹이 하나 덕분에 다시 즐겁게 살아갈 에너지가 솟아난다. 모든 게 다 무너진 상황에서 이 작은 희망 하나만 발견할 수 있다면 다시 또 온 하루가 희망으로 물드니까. 내가 그림으로, 글로, 영상으로, 계속해서 전하고 싶은 이야기이기도 하다.

나의 무수한 경험상 괴로운 날들에서 즐거운 하루로 순식간에 바꿔주었던 것들은 하루아침에 모든 문제가 완전히 사라져서가 아니었다. 한 치 앞도 보이지 않고 절벽 끝에 내몰린 상황일지라도 내가 가고자 하는 곳에 대한 명확한 모습을 그리고 나면 작은 희망이 보였고 그 순간 또다시 하루를, 일주일을, 한 달을 열심히 보내볼 힘을 얻곤 하니까.

어려운 상황에 부닥쳤을 때 가장 힘든 건 마음이 무너져있는 건데 이 마음을 일으킬 수 있는 작은 희망 모래알들을 계속해서 잘 찾아본다. 그리고 난 또 그 방법들을 계속해서 공유하고 이야기할 거고, 쉽고 즐겁게 할 수 있는 방법들을 찾아서 마음도 힘든데 이왕이면 재미있는 거 해야지.

포장용
아이스팩이 가득 찬

이 박스를 혼자 들려면 이-렇게
무거운데,

희-한하게 같이 들면
절반도 아니고 대략 늑 정도로
가벼워진다

←센터
동료

거-뜬

무거울 땐 언제든 불러
같이 들게.

역시,
백지장도
맞들면 낫다는데,
아이스팩은 훨-씬 낫다. ⋰

무거울 땐 언제든 불러
같이 들게.

서로 의지할 수 있는 누군가

자취를 하면서 강아지 베리와 함께 살고 있는데, 올해 초 이사를 하게 되었다. 베리는 밖에서 6년을 살아온 강아지라 집에서 지내는 삶을 적응하는 데도 꽤 오래 걸렸는데 이사를 하려니 걱정이 많았다.

이사할 때 강아지들이 많이 불안해한다던데 혹여나 또 분리불안이 생기면 어쩌나, 예상치 못한 일들이 일어나면 어쩌나, 불안한 와중에 엎친 데 덮친 격으로 삶은 또 나를 호락호락하게 두지 않아서 혼자서 감당해야 하는 일들이 한꺼번에 몰려왔다.

아무에게도 의지할 수도 없었던 상황, 베리는 조심하고 노력한 만큼 걱정했던 것보다 훨씬 더 새집에 잘 적응을 해줬고, 여러 일들도 감사하게 무사히 지나갔지만 모든 일이 다 덮쳤던 약 일주일이 안 되는 시간 동안의 그 마음은 아직도 생생히 남아있다.

작은 침대가 있는 불이 꺼진 방에서 이 세상에 마치 나와 베리만 남겨진 듯한 불안감과 무서움, 가만히 누워있음에도 심장 소리가 귀까지 쿵쿵거려 진정하려 애썼던 시간, 의지할 사람이 한 사람만 있어도 참 좋을 텐데 라는 생각을 처음으로 해봤다. 꼭 나를 도와줄 누군가를 원하는 건 아니지만 서로 의지할 수 있는 누군가가 있었으면 조금은 덜 외롭고 힘들지 않았을까 하는 생각이 들었다.

별똥별

꿈을 짓는 이야기들을 계속해서 하고 드림보드, 감사일기 등에 관한 이야기들을 끊임없이 하는데도 내가 진정으로 원하는 바를 놓치지 않고 마음속에 상시 준비하고 있는 게 상당히 어렵다. 멍하니 하루를 보내다 보면 해야 할 일들에 뒤덮여 내 꿈들은 보이지 않게 되니까. 수많은 자기계발서나 동기부여 영상들에서 말하는 시각화와 확언들이 단지 그 행동만으로 모든 소원이 이루어진다는 걸 이야기하는 게 아닌, 그만큼 내 일상에 그 소망들을 잡아다 두기 위함이라는 걸 깨달았다.

불시에 떨어지는 별똥별의 그 3초 안에 내가 바라는 것들을 말할 수 있을 만큼 준비가 되어있다면 삶의 매 순간에서도 그 소망들이 가장 우선순위에 있을 테니까. 계속해서 쌓여가는 투두리스트속에서 하루에도 여러 번 우선순위를 끌어올리는 작업을 해야 하는 이유다.

지금도 수시로 현실에 치이다 보면 이런저런 핑계도 대고 의심도 하다가도 다시 또 나만의 원더랜드를 우선순위에 올려놓는 작업을 한다. 드림보드도 점검하고, 원더랜드 리스트도 확인하고, 여니노트도 쓰면서. 그 하나로 지금까지 꿈을 지어왔다고 해도 과언이 아니니까! 마치 '운동하면 건강해져요'처럼 이게 그 어려운 거니까 잘 안되는 건데 그렇다고 불가능한 건 또 아니다 :)

늘 그렇듯 연습과 반복만이 유일한 방법.

되게 한다

그래서 된다.

2022년을 맞이하면서
마음속에 새긴 말이 있다

'되게 한다'

되고 싶다, 될 것이다 가 아니라
'되게 한다'

지난날의 나를 돌아보면
겁이 많고, 스스로에 확신이 없던 나는
노력은 80% 정도만 들인 채
늘 핑곗거리, 변명거리를 마련하느라 바빴다.

원하던 결과가 나오지 않았을 때
누군가가 나를 실패자로 보는 게 우서웠고,
무언가 변명거리가 있어야
스스로를 덜 원망할 테니까.
나를 너무 미워하지 않기 위한 방법이랄까.

그렇게 늘 안됐을 경우의 핑곗거리를
마련하는 데 정신을 쏟았으니,
무언가 될 리가 만무하다.

올해, 2022년에는 되는 것에
집중하기로 다짐했다.

설사 바라던 결과가 아닐지라도
그것이 내 인생이 실패했음을 의미하는 것이
아닌 것도 알았고,
이제는 안되는 경우를 생각하는 데 시간을 쏟는것이
얼마나 시간이 아까운 것인지도 알았다

그래서 올해는
'되게' 하기로.
그것이 무엇이든.
원하는 것이라면.

" 되게 한다.

그래서 된다. "

꿈꾸는 순간만큼은
내 꿈에 날개를 달아줘

펴낸날   초판1쇄 인쇄 2025년 04월 22일
         초판1쇄 발행 2025년 05월 01일

지은이   여니(박지연)
펴낸이   최병윤
펴낸곳   알비
출판등록 2013년 7월 24일 제2024-000064호
주소   서울시 은평구 증산로21가길 11-11, 103호
전화   02-334-4045 팩스 02-334-4046

종이   일문지업
인쇄   수이북스

ⓒ여니(박지연)
ISBN 979-11-94116-17-2 03800
가격 15,000원